102세 할머니, 나 혼자 산다

102세 할머니, 나 혼자 산다

데쓰요 할머니는
오늘도 맑음

이시이 데쓰요 지음
이은혜 옮김

북스힐

나를 보듬어주는 자기 격려의 달인이 되자!

아, 기분 좋다. 낮잠을 자다 이제 막 눈을 떴다. 아침부터 밭에 나가 부지런히 몸을 움직이고 돌아와서 점심을 먹고 한숨 푹 자고 일어났다. 혼자라 신경 쓸 사람이 없으니 세상 느긋하다. 밤에 잠은 잘 자느냐고 묻는 사람이 많은데 그런 걱정은 접어두길 바란다. 보통은 베개에 머리를 대자마자 기절하듯 곯아떨어진다.

정신도 맑아졌으니 이참에 내 소개를 해야겠다. 내 이름은 이시이 데쓰요石井哲代다. 얼마 전 102살(데쓰요 할머니는 한국어판이 출간된 2023년 103세가 되었다. 본문에 언급된 나이는 원문 그대로 표기하였다. ―역주)이 됐다. 어릴 때는 100살 먹은 할머니라고 하면 옛날이야기에나 나오는 사람이라고 생각했는데, 내가 이미 그 나이를 넘었다는 사실이 솔직히

4

나도 믿기지 않는다.

나는 26살에 히로시마현広島県 오노미치시尾道市 에 있는 산골 마을로 시집을 왔다. 이곳에서 밭일을 거들며 56살까지는 초등학교 선생님으로 아이들도 가르쳤다. 자식이 없다 보니 20년 전에 남편이 먼저 세상을 떠난 뒤로는 혼자 살고 있다. 작은 밭을 일구고 이웃들과 수다를 떠는 일이 삶의 낙인 소소한 인생이다.

그렇게 평범했던 내 일상이 조금 바빠지기 시작한 건 이 지역 언론사인 「추고쿠 신문中國新聞」이 100살이 된 내 일상을 연재 기사로 소개하고부터다. 별건 없다. 밭에 심은 무가 잘 자랐다거나, 정월에 떡국에 넣은 떡을 세 개나 먹었다는, 그저 그런 대수롭지 않은 이야기뿐이다. 그런데 어찌 된 일인지 감상평과 응원의 메시지를 담은 편지들이 날아들기 시작했다. 너무나 고마운 일이다.

게다가 놀랍게도 책으로도 만들어진단다. 감히 상상도 못 했던 일이다. 공중에 붕 뜬 기분이랄까, 하늘에서 뚝 떨어진 기분이랄까. 이 나이에 살아 있는 것만 해도 복인데 말년에 복이 터질 모양이다.

　나이를 먹으면서 마음처럼 되지 않는 일이 하나둘씩 늘어날 때면 가끔 우울해지는 날도 있다. 하지만 아무리 한숨을 쉬어도 달라지는 건 없다. 그래서 나는 항상 나를 격려한다. 나를 어르고 달래며 마음을 보듬어준다. 남은 바꿀 수 없어도 나는 바꿀 수 있다. 이 책은 이런 생각을 가진 102살 할머니의 혼잣말을 모아놓은 책이다. 어쩌면 먼저 간 남편도 저세상에서 읽고 껄껄 웃을지도 모르겠다.

차례

- 들어가며 …4
- 데쓰요 할머니를 소개합니다 …10
- 건강하게 오래 사는 여덟 가지 습관 …13
- 맛도 좋고 건강에도 좋은 데쓰요
  할머니의 장수 레시피 …140
- 마치며 …145

제1장 **100살에서 101살로, '오늘도 맑음'**

2020년 10월	녹슬지 않는 곡괭이가 되자!	22
2020년 11월	한숨 쉴 시간에 한 번 더 움직이자	29
2020년 12월	역경 없는 인생은 시시하다	38
2021년 2월	내일의 즐거움이 오늘을 사는 힘이 된다	46
2021년 3월	나는 이렇게 100년을 살아왔다	53
2021년 4월	반복되는 일상이 주는 행복	61
2021년 5월	기분은 제 할 탓	68
2021년 6월	하루하루를 소중히 생각하자	75
2021년 10월	앞으로는 좀 내려놓고 살자	78
2021년 11월	생의 마지막은 눈부시고 멋지게	83
2021년 12월	그리운 추억을 벗 삼아	90

제2장

궁금해요!
데쓰요 할머니

2022년의 포부를 한마디로 표현하신다면? ...98

기억에 남는 책이 있으시다면? ...98

'사랑'이라는 말을 들으면 누가 떠오르시나요? ...101

할머니의 이름은 누가 지어주셨어요? ...102

요즘 만나보고 싶은 사람이 있으세요? ...103

무슨 색을 좋아하세요? ...103

일상의 즐거움을 하나 꼽으신다면? ...105

할머니의 팬인 여고생입니다.

다시 17살로 돌아간다면 뭘 하고 싶으세요? ...106

좋아하는 가수가 있으세요? 어떤 장르의 노래를

좋아하시나요? ...108

어느 계절을 좋아하세요? ...109

가보고 싶은 곳은 없으세요? ...109

할머니의 하루가 궁금해요. ...111

할머니의 건강 비결이 궁금해요. ...112

할머니는 화가 나면 어떻게 대처하세요? ...113

인생의 마지막에 먹고 싶은 음식은? ...114

엔딩 노트에는 무슨 내용을 적으셨어요? ...115

제3장 102살 고마운 인생

2022년 2월	살이 쪄서 입원?	118
2022년 3월	다시 이곳에서 천천히 살고 싶다	120
2022년 4월	'멋지게 늙어가는' 비법	127
2022년 6월	나답게 살기 위한 다섯 가지 비법	132

데쓰요 할머니를 소개합니다

🎤 **언제 태어나셨나요?**

1920년, 히로시마현 후추시府中市 조게초上下町에서 태어났습니다. 태평양 전쟁 시기의 히로시마를 배경으로 한 〈이 세상의 한 구석에〉라는 애니메이션을 알려나요? 만화 속 주인공 '스즈'보다 다섯 살 많아요.

🎤 **어떤 일을 하셨나요?**

20살에 초등학교 교사가 되어 아이들을 가르치다가 56살에 퇴직하고, 그 뒤로는 밭농사를 지으며 살고 있어요. 동네 이웃들은 아직도 나를 '선생님'이라고 부른답니다.

🎤 **가족은요?**

26살에 같은 초등학교 교사인 요시히데良英 씨와 결혼해 오노미치시尾道市 미노고초美ノ郷町에 살았어요. 자식은 없고, 83살에 남편을 먼저 보낸 뒤로는 혼자 살고 있지요. 그래도 조카와 이웃들, 제자들이 자주 찾아온답니다.

🎤 **키와 몸무게는요?**

150센티미터에 45킬로그램. 지금은 키가 조금 더 줄었을지도 모르겠네요.

🎤 **신발 사이즈는요?**

225를 신어요.

🎤 **무슨 음식을 좋아하세요?**

고기든, 면이든 가리지 않고 다 좋아해요. 제일 좋아하는 음식을 꼽을 수가 없네요. 먹을 것이 부족했던 시대를 살아서 그럴까요? 이건 더 좋아하고 이건 덜 좋아한다고 하면 왠지 음식한테 미안해져요.

🎤 **어떤 차를 즐겨 드시나요?**

일본에서 재배한 찻잎으로 우린 차는 다 좋아해요.

🎤 **어떤 집에 살고 계세요?**

사진으로 잘 보일지 모르겠네요.(다음 페이지 아래쪽 사진)
긴 비탈길 위에 있는 일본식 2층 주택이 내가 사는 집이에요. 흙바닥으로 된 옛날식 부엌에서 늘 동네 이웃들과 모여 수다를 떨지요. 900평 정도 되는 논이 있는데 벼농사를 짓기에는 힘에 부쳐서 지금은 지인에게 맡기고, 작은 밭에서 채소만 조금 키우고 있어요.

🎤 **가축도 키우시나요?**

2, 3년 전까지는 닭을 네 마리 정도 키웠는데, 네 마리 다 이름이 '꼬꼬'였어요. 아침마다 달걀을 낳아주는 고마운 녀석들이었는데 족제비놈한테 당해서 한

꺼번에 잃고 나서는, 마음이 아파서 이제 키우지 않아요.

🎤 형제 관계가 어떻게 되세요?

오빠 다케토剛民, 남동생 사토시悟示, 여동생 모모요桃代, 이렇게 4남매예요. 오빠와 남동생은 세상을 떠났지만 95살인 여동생은 지금 고베에 살고 있지요.

🎤 운전도 하시나요?

빨간색 노인 전동차가 있답니다. 89살부터 타기 시작했어요.

🎤 특기가 있으시다면?

잘 먹기랑 수다 떨기. 잡초 뽑기는 거의 '달인급'이지요.

🎤 좌우명이 있으시다면?

녹슬지 않는 곡괭이가 되자!

🎤 밭에서는 어떤 작물을 키우세요?

일 년 내내 다양한 채소를 키운답니다. 대충 헤아려봐도 21종류나 돼요. 채소 외에 불단이나 묘에 공양할 꽃도 심었지요.

※ 본문에 등장하는 인물의 나이는 모두 당시 나이입니다.

건강하게 오래 사는 여덟 가지 습관

하루를 기분 좋게 보내기 위해 내가 매일 실천하는 습관이 몇 가지 있다. 귀찮아하지 않고 즐기는 마음으로 반복하다 보니 어느새 이렇게 오래 살고 있다. 그중에서도 가장 소중하게 지키고 있는 나의 여덟 가지 습관을 소개한다.

하나, 아침에 일어나면 이불을 정리한다.

나는 항상 아침 여섯 시 반에 일어난다. 2020년 여름부터 환자용 침대를 빌려 쓰고 있는데, 침대 생활을 하면서도 바닥에 이부자리를 펴고 자던 때처럼 아침에 일어나면 이불을 개서 복도에 있는 이불장에 넣는다. 매일 아침, 내가 제일 먼저 하는 일이다. 이불을 개며 오늘도 눈을 뜨고 이불을 갤 수 있어서 행복하다고 생각한다.

날이 추워지면 두꺼운 요를 깔고 담요 세 장을 덮는다. 깃털 이불이 가볍고 따뜻하기는 해도 은근히 자리를 많이 차지해서 대신 담요를 겹쳐서 덮고 잔다. 담요 정도는 나 같은 할머니도 거뜬히 옮길 수 있다. 하나씩 들고 몇 번 왔다 갔다 하면 일부러 헬스장에 갈 필요가 없다. 운동이라고 생각하고 꾸준히 하고 있다.

둘, 멸치 된장국을 먹는다.

26살에 시집온 후로 매일 아침 된장국을 끓인다. 항상 말린 멸치로 육수를 내는데, 머리를 떼서 육수를 낸 멸치는 다른 반찬의 재료로 쓴다. 잘게 찢어서 잎채소나 가지와 함께 볶거나 무랑 같이 볶기도 한다. 아무튼 멸치가 안 들어가는 데가 없다. 멸치는 우리 집에 있는 유일한 동물성

식품이자 내 생명줄이다. 아침에 끓인 된장국과 밥, 절임 반찬으로 소박한 나의 아침상이 차려진다.

셋, 뭐든 맛있게 먹는다.

나는 어릴 적부터 특별히 가리는 음식이 없었다. 심지어 많이 먹는다. 보통은 하루에 세 끼를 먹는데 특히 채소볶음을 자주 해 먹는다. 밭에서 따온 채소들로 뚝딱 만들 수 있다. 밥은 한 끼에 기본 두 그릇은 먹는다. 바라즈시(식초에 절인 밥 위에 각종 해산물을 올려 먹는 일본식 회덮밥—역주)는 넓적한 접시에 산처럼 쌓아서 먹을 수도 있다. 밥을 먹을 때면 늘 고맙고 감사한 마음을 표현하고 싶어서 혼자 앉은 밥상 앞에

서도 "잘 먹겠습니다", "잘 먹었습니다"라는 인사를 잊지 않는다. 오후 세 시쯤 따뜻한 차와 과자를 먹을 때도 "자, 간식 시간이에요"라며 혼잣말을 건네본다. 그러면 괜스레 설레고 신이 난다.

오늘은 처음으로 햄버거를 먹었다. 맛있었다. 이 나이에도 뭐든 맛있게 먹을 수 있는 건 어쩌면 입가에 있는 점 덕분일지도 모른다. 어려서부터 먹고살 걱정은 안 해도 되는 '복점'이라는 말을 자주 들었다. 내 보물 중 하나다.

넷, 맑은 날에는 부지런히 잡초를 뽑는다.

날이 좋으면 집 주변이나 밭에 난 잡초를 뽑는다. 집이든 밭이든 잡초가 무성히 자라 있으면 어쩐지 딱해 보여서 마음이 안 좋다.

시어머니는 틈만 나면 잡초를 뽑는 분이셨다. 집 앞 길가부터 돌담 틈까지 보이는 대로 죄다 뽑으셨다. 그 모습을 보고 살아서인지 언제부턴가 나도 그냥 지나치지 못하는 성격이 됐다. 깔끔하게 정리하고 나면 기분도 홀가분해진다.

4, 5년 전까지는 새해 첫날에 '시고토하지메^{仕事始め}(연초에 한 해의 일이 잘되기를 기원하며 하는 의식―역주)'라며 곡괭이를 들고 잠시 밭에 나갔었다. 올해도 무탈하게 밭일을 할 수 있도록 '곡괭이님, 밭님, 올해도 잘 부탁드립니다'라며 새해 인사를 했었다. 요즘은 안 한다. 너무 춥다.

다섯, 땅에서 난 건 땅으로 돌려보낸다.

귤껍질이나 자투리 채소는 비료 포대에 모아서 퇴비로 만든다. 예전에 시어머니한테서 '돌과 쇠붙이 말고는 전부 논밭에 뿌려서 거름으로 쓰라'는 가르침을 받은 뒤로는 줄곧 그렇게 해왔다.

땅으로 돌려보낼 수 있는 건 전부 돌려보낸다.

마당 한쪽에도 비료 포대를 놓아두고 뽑은 풀이나 낙엽을 모은다. 1년이면 60포대 정도는 모인다. 그렇게 만든 퇴비를 추수가 끝난 논에 뿌리고 땅을 간다. 쓰레기도 줄일 수 있으니 일거양득이다.

여섯, 두뇌 훈련을 꾸준히 한다.

꽤 오래전부터 신문에 끼워져 들어오는 두뇌 훈련 홍보지로 가끔 한자 퀴즈를 푼다. 나중에 또 풀어봐야 하니 답을 적을 때는 항상 다른 종이에 적는다. 아직은 웬만하면 100점이다. 생각난 김에 오늘도 한 번 풀어볼까?

일곱, 남편과 대화를 한다.

내 침대 머리맡에는 20년 전에 먼저 세상을 떠난 남편의 사진이 있다. 눈을 맞출 수 있도록 침대 옆 서랍장의 서랍을 하나 빼서 그 위에 세워두었다. 어쩐지 다정한 시선이 느껴진다. 나를 바라보며 잘했다고 칭찬하는 것 같다.

자기 전에 "잘 자요"라고 인사를 건네면 꼭 옆에 함께 있는 것처럼 꽤 든든하다. 불단에는 아침저녁으로 남편이 좋아했던 청주를 잔에 따라 올리는데, 올린 술을 물릴 때는 내가 홀짝 마셔버린다. 뭐든 잘 먹으니 당연히 술도 잘 마신다.

여덟, 스트레칭을 한다.

생각이 났을 때 바로 스트레칭을 한다. 남들보다 혹사시킨 다리인데도 아직 잘 움직여주니 기특할 따름이다. 앉아서 양다리를 쪽 펴고 몸을 앞으로 숙이면 머리가 다리에 닿는다. 다리를 양쪽으로 벌려보기

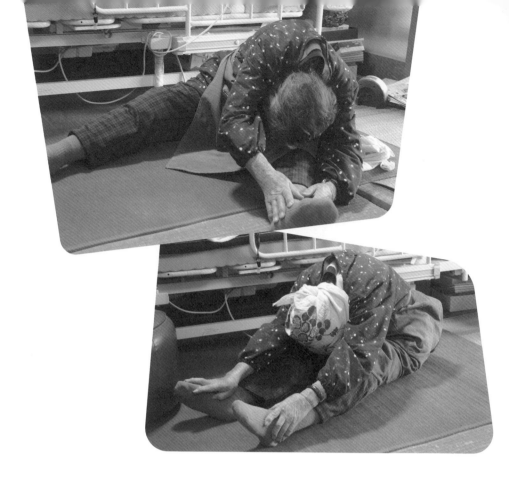

도 하고, 일어서서 몸을 앞으로 숙여보기도 한다. 또 양팔을 위로 똑바로 들고 상체를 크게 돌리기도 한다. 이렇게 몸 구석구석 쭉쭉 늘려주고 나면 기분까지 시원해진다.

잘 먹고 잘 자고
즐겁게 대화하라.

제1장

100살에서 101살로, '오늘도 맑음'

"속 시끄러운 일이 있어도 일기를 쓰면 마음이 가벼워져."

지난 30년 동안 매일 밤 일기를 쓰신 할머니.

일기 속에 숨어 있는 할머니의 삶을 들여다보자.

2020년 10월
녹슬지 않는 곡괭이가 되자!

1일... 오늘은 밭에 자란 코스모스를 뽑았다. 내 키를 넘어 홀쩍 자란 걸 보니 누에콩에게 주려고 뿌렸던 비료를 이 녀석들이 다 빼앗아 먹은 게 분명하다. 이렇게 말해서 뭣하지만, 얄미워 죽겠다. 하

늘하늘 연약하게 흔들리는 겉모습에 속은 기분이다.

그래도 밭에는 요리(이웃에 사는 가네히사 세리코兼久世利子 씨, 67
세)가 준 잎채소 씨앗이 예쁘게 싹을 틔웠다. 고마워. 잘 키울게.

6일... 오늘은 가시와모찌(떡갈나무 잎에
싼 찹쌀떡—역주)를 만들었다. 평소에는 항상
5월쯤에 만들었는데 올해는 하필 그때 발에
심한 피부염이 생겨서 한 달 정도 병원 신세
를 졌다. 앞마당에 드리워진 무성한 떡갈나
무 잎을 보니 괜히 마음이 쓰여서 요리에게 좋
은 떡갈나무 잎이 있다고 슬쩍 운을 띄워봤다. 아니
나 다를까 가시와모찌를 만들자는 말이 나왔다.

두 손으로 살살 굴려서 동그랗게 만든 팥소를 떡으로 감싸고, 깨끗
하게 씻은 떡갈나무 잎에 싸서 찌면 완성이다. 너무 되지도 질지도 않
은, 딱 먹기 좋은 떡이 만들어졌다. 떡도 맛있지만 사실 이런저런 이
야기를 나누며 떡을 만드는 일이 더 즐겁다.

13일... 오늘은 근처에 사는 나오(요코야마 나오에横山直江 씨,
데쓰요 할머니 시아주버니의 셋째 딸, 72세)와 함께 농협에 가서 처음
으로 카드로 돈을 뽑아봤다. 가슴이 어찌나 두근거리던지 지금도 손

혼자 사시는 할머니를 돕는
든든한 조카 나오 씨와 함께

이 떨린다. 세상 참 좋아졌다. 그런데 왠지 서글퍼진다. 예전 같으면
창구에서 볼일을 보고 서로 "감사합니다", "살펴 가시고, 또 오세요"라
며 인사를 나누고 돌아왔을 텐데……. 사람은 코빼기도 보이지 않는
다. 간단한 조작 몇 번이면 돈이 나오니 멍하니 있다가 돌아가게 된다.
한마디로 정이 없다. 사람들과 이야기하는 걸 좋아하는 내 눈에는 어
쩐지 쓸쓸하게만 보인다. 사람들과 나누는 대화가 내 삶의 활력소인
데 말이다.

14일... 　나오가 밤을 넣은 송이 버섯밥을 지어 가져왔다. 큼직하게 자른 송이버섯이 밥 위에 올려진 걸 보니 군침이 돌았다. 어디에 내놔도 손색없을 요리다. 그건 그렇고, 그해 첫 수확한 작물을 먹으면 수명이 75일 늘어난다고 하는데, 송이버섯 덕분에 수명이 또 75일이나 늘어버렸다. 이를 어쩐다.

17일... 　곶감을 매달았다. 밭에 있는 감나무에 감이 주렁주렁 열려서, 손이 닿는 놈으로 여섯 개만 땄다. 얼마 안 되지만 그래도 새해에 조상님에게 올릴 곶감은 이걸로 됐다.

19일... 　날씨가 좋은 날에는 밭에 나가 김을 맨다. 아끼는 '삼발 괭이'를 들고 나가서 밭을 가는데, 반세기 가까이 쓰다 보니 끝이 닳아서 뭉뚝해지기는 했어도 아직은 쓸 만하다.

　　그리고 보면 오래 써서 굽어버린 내 손이 꼭 곡괭이를 닮았다. 젊

25

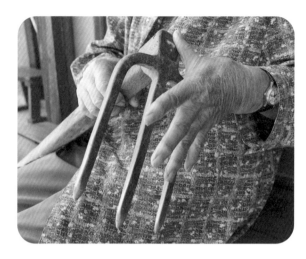

할머니가 아끼시는
'삼발 괭이'

었을 때부터 늘 '녹슬지 않는 곡괭이처럼 살고 싶다'고 생각했으니 그럴 만도 하다. 뭐든 하지 않으면 사람도 녹슬어버린다. 몸도, 마음도, 머리도 계속 써야 녹슬지 않는 법이다. 그래서 곡괭이는 내 평생의 가장 귀한 보물이다.

　나이가 들면 하루가 길어진다는 사람도 있지만, 나는 하루가 눈 깜짝할 사이에 지나간다. 아침으로 멸치 된장국을 끓여 먹고, 밭에 나가서 잡초와 씨름하다가 밤이 되면 매일 일기를 쓴다. 선물을 받은 날에는 답례장을 쓰고, 속옷과 양말은 따로따로 빤다. 평범한 일상에 감사하고 소소한 일에 기쁨을 느낀다. 이렇게 몸과 마음을 열심히 움직인 덕분에 아침까지 푹 잘 수 있다.

21일...　　오늘은 남편의 기일이다. 남편과는 말하자면 연애 결혼을 했다. 남편은 자기 일에 최선을 다하고, 자식과 부모에게 존경받는 호탕한 선생님이었다. 집에 있는 불단에는 아침과 밤에 예를 올린다. 아침에는 합장만 하지만 밤에는 큰 소리로 불경을 읽는다. 목소리가 큰 편이니 이것도 활용하지 않으면 손해다.

　사실 불경 읽기는 시어머니가 하셨던 일이다. 남편과 아버님이 저녁 반주를 드실 때면 어머님은 혼자서 큰 소리로 불경을 읽곤 하셨다. 어머님이 돌아가신 뒤로는 내가 이어서 하고 있다. 가끔은 내키지 않을 때도 있지만, 조상님이 기다리고 계실지도 모르니 조금이라도 꼭 읽으려고 한다.

2020년 11월
한숨 쉴 시간에 한 번 더 움직이자

1일... 매일 집 앞 비탈길을 몇 번이고 오르내린다. 자칫 다리에 힘이 풀려 휘청하고 앞으로 고꾸라져 구르기라도 하면 큰일이니, 내려올 때는 항상 곡괭이를 지팡이 삼아 살살 뒷걸음질로 내려온다. 다리가 아플 때는 걷기에 집중해서 걸음 수를 세어보는데, 보통 50보 정도면 아래에 도착한다. 이것도 내가 하는 운동 중 하나고, 집 앞에 있는 이 비탈길이 내 건강을 체크하는 기준이 된다. 이 길을 오르내릴 수 있다면 아직은 괜찮다는 뜻이다. 그래서 오르내릴 때마다 진지한 마음으로 발을 내디딘다. '네가 이기냐 내가 이기냐 해보자'라는 도전정신이랄까? 덕분에 몸은 물론 마음까지 건강해진다.

가끔 비탈길을 내려올 때 지나가는 이웃이 "조심하세요" 하며 지켜봐줄 때가 있다. 고마운 일이다.

2일...　　　오늘은 찬비가 내려서 종일 집에 있었다. 이렇게 비가 오는 날에는 나도 별수 없이 기분이 우울해진다. 옆에서 보면 아무 걱정 없는 평온한 인생처럼 보일지도 모르지만 나라고 왜 걱정이 없을까. 그래서 걱정거리가 생기면 일기에 조용히 끄적여놓는다. 그러고 나면 마음이 한결 가벼워진다. 일기를 쓰는 사이에 저절로 이해하게 된다.

　그냥 훌훌 털어버려야 하는데 자식이 없어서 그런지 나이가 들수록 점점 겁이 많아진다. 오늘처럼 비가 내리는 날에 혼자 집에 있으면 자연스레 '이 세상을 떠날 때 주변에 폐를 끼치면 어쩌나……' 하는 생각에 멍하니 빠져든다.

그래서 나는 항상 쉬지 않고 나를 위로한다. 나를 어르고 달래서 또 하루를 살아간다.

3일... 　　오늘은 '타타타'를 타고 밭에 들렀다가 집안 묘소까지 다녀왔다. '타타타'는 내 나이 89살에 장만한 핸들이 달린 노인 전동차 다. 집안 묘소가 산기슭에 있어서 밭두렁을 따라 시원하게 드라이브 하며 갈 수 있다. 가서 조상님들 묘를 둘러보고 왔다.

'타타타'만 있으면 어디든 갈 수 있다. 탈탈탈탈 굴러서 내가 가고

싶은 곳이면 어디든 데려다주는 녀석이라 '타타타'라는 이름을 붙여줬다. 2킬로미터 정도 떨어진 절에 갈 때도 큰 도움이 된다. 이제 다리가 약해져서 오래 걷지 못하는 나에게는 이만한 파트너가 없다.

5일... 파마를 하러 갔다가 못 본 지 한참이었던 지인을 만났다. 어찌나 반갑던지 시간 가는 줄도 모르고 수다 삼매경에 빠졌다. 그러다 나오랑 단풍을 보러 가기로 한 약속을 까맣게 잊어버렸다. 내 정신이 이렇다. 나오는 '그럴 수도 있다'고 웃어넘겼지만 미안한 마음이 가시질 않는다. 머리를 깔끔하게 다듬으려고 파마를 하러 갔다가 머릿속까지 깔끔하게 지워버리는 바람에 낭패를 봤다. 그렇다고 한숨 쉬는 일에 에너지를 낭비하면 몸도 마음도 더 나약해질 뿐이다. 기분이 가라앉으려고 할 때는 뭐든 일을 만들어서 몸을 움직이는 게 최고다.

6일... 태어나서 처음으로 독감 예방주사를 맞았다. 올해부터 일주일에 한 번씩 데이케어 센터에 다니기 시작했는데, 내가 독감에 걸릴 것 같지는 않지만 독감 예방 접종을 꼭 해야 한다기에 어쩔 수 없었다. 다들 그렇겠지만 나도 주사는 별로다.

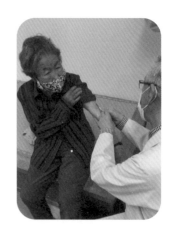

8일...　　　나오랑 근처에 사는 이웃이랑 같이 미하라시三原市에 있는 미쓰키하치만구御調八幡宮 신사에 다녀왔다. 한적한 신사에서 예쁜 단풍을 보니 기분이 절로 좋아졌다. 신사에 갔으니 일단 지금의 행복에 감사부터 드리고, 앞으로도 계속 이렇게 살 수 있게 해주십사 빌었다. 그리고 이어서 집안사람 모두가 건강하게, 또 행복하게 살기를 기원했다. 나도 참, 바라는 게 많기도 하다.

12일... 남편의 후배가 다음 주 일요일에 찾아온다고 해서 시내에 만주를 사러 다녀왔다. 조금 비싸기는 하지만 내가 특별히 좋아하는 만주가 있다. 가끔 시내에 가면 사 와서 쟁여두었다가 스스로 기특한 일을 했다 싶을 때 상으로 먹곤 한다.

만주도 맛있지만 사실 빵을 더 좋아한다. 그중에서도 미하라시에 있는 빵집 '오기로빵'의 단팥빵은 최고다. 사범대학에 다닐 때도 학교 앞에 '오기로빵'이 있었다. 당시 기숙사에서 주는 평일 아침 메뉴는 항상 된장국과 보리밥이었는데, 일요일 아침에만 오기로빵 두 개와 우유가 나왔다. 그 빵이 먹고 싶어서 일요일을 손꼽아 기다렸던 기억이 난다. 이런, 생각하니 또 침이 넘어간다.

16일... 매월 16일은 평소 다니는 다이쓰지大通寺 절에서 불교 부인회의 정기 모임이 있는 날이다. 사찰에 도착하면 제일 먼저, 안에 있는 신란親鸞(정토진종의 종조로 여겨지는 고승—역주) 스님의 상 앞에서 "안녕하세요. 찾아뵙습니다" 하고 인사부터 올린다. 집에서는 매일 밤 불단 앞에서 혼자 불경을 읽지만, 절에서는 모두 함께 입을 모아 '정신염불게正信念佛偈'를 읽는다. 부처님 앞에 앉아 있으면 마음도 차분해지고, 모두의 얼굴을 볼 수 있는 날이다 보니 공연히 이날이 기다려진다.

저녁에는 감자를 캤다. 이웃집은 일찌감치 캔 모양이지만 나는 혹

시 조금 더 클까 싶어 미뤘었다. 물도 잘 안 줘놓고 내가 생각해도 좀 뻔뻔하다. 그런데도 감자가 아주 실하게 열렸다. 혹시 땅도 마음을 써주는 걸까? '데쓰요 할머니는 저 연세에도 밭일을 하시니까 우리가 살짝 도와드리자' 하고 말이다.

24일... 요즘 검은콩을 말리는 중이다. 이 콩으로 새해 명절음식을 만들 생각이다. 검은콩을 삶을 때 녹슨 못을 넣으면 색깔이 더 선명해지고 윤기가 난다고 한다. 못을 깨끗하게 씻어서 갱지로 감싸고 실로 잘 묶어 준비한 다음, 물에 하룻밤 불려둔 검은콩을 큰 냄비에 옮겨 담고 물과 설탕, 간장, 소금, 베이킹소다를 넣어 약한 불로 보글

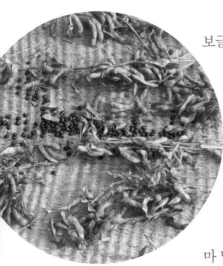

보글 끓일 때 같이 넣어준다. 조림용 눌림 뚜껑을 잘 덮어주고 여섯 시간 정도 삶는데, 시간을 깜빡 잊어버리면 더 잘 삶아지기도 한다. 콩이 말랑말랑해지면 완성이다.

검은콩도 내가 좋아하는 식재료다. 이웃들에게 여기저기 나눠주고 나니 얼마 남지 않았지만, 이 정도면 충분하다. 감사히 먹겠습니다.

2020년 12월
역경 없는 인생은 시시하다

7일...   오랜만에 오늘은 하교하는 동네 아이들을 만났다. 아직 어린 줄만 알았는데 언제 훌쩍 컸는지 벌써 고등학생을 졸업할 때가 되었고, 봄부터 한 명은 간호사, 한 명은 치위생사가 되는 학교에 진학할 거란다. 이 아이들처럼 고등학교를 졸업하면 고향을 떠나는 아이들도 많다. 참 기특하고 대견하다.

이 아이들이 초등학생이었을 때는 매일 아침, 집 앞 비탈길 아래 서서 등교하는 길을 배웅했었다. 한 명, 한 명 악수하며 아프다는 소리가 나올 만큼 손을 꽉 잡아주었다. '씩씩하게 잘 다녀오렴. 오늘도 힘내고!'라는 응원의 마음을 담아서.

학년이 올라가면서 맞잡은 손의 힘이 점점 세질수록 내 마음도 흐뭇해졌다.

가끔 늦잠을 자는 바람에 나가지 못한 날도 있었는데, 그런 날에는 혼자 사는 할머니가 걱정됐는지 아이들이 초인종을 눌렀다. 그제야 놀라서 후다닥 나가보면 "아, 다행이다. 괜찮으시구나" 하며 안심하고 학교에 가던 아이들이다. 생각해보면 누가 누굴 지켜봐주었던 건지 모르겠다.

그런데 마을에 아이들이 줄어들면서 아침마다 하던 배웅도 올해 3월로 끝나버렸다. 섭섭하기도 하고, 쓸쓸하기도 하다.

8일...   오늘 밤에도 일기를 쓴다. 한 권에 3년 치 일기를 쓸 수 있는 노트에 '3년 일기'를 써온 지도 벌써 오래다. 저녁을 먹고 나서 오

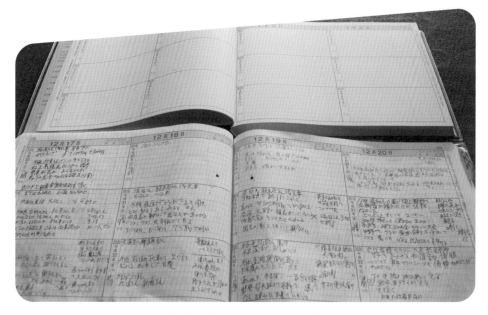

빼곡하게 채워진 할머니의 일기장

늘은 누구를 만났는지, 밭에는 무슨 일이 있었는지, 찬찬히 떠올리면서 일기를 쓴다. 지금 쓰는 일기장도 올해면 다 채운다. 그래서 내년부터 쓸 새 일기장도 장만해뒀다. 새 일기장을 다 채울 때면 103살이 되는 건가? 다 채울 수 있을지는 모르겠지만, 일단은 종이가 아까우니 최대한 오래 살아야겠다.

9일...　　　오늘은 문득 옛날 생각이 떠올랐다. 나는 20살에 심상고등소학교 선생님이 됐다. 요즘으로 치면 초등학교다. 태평양 전쟁이 터지기 1년 전인 1940년의 일이다. 그때는 정말 열심이었다. 풋내기 선생님이었을 때의 일들이 지금도 엊그제처럼 생생하다.

점심시간이면 학교 건물 옆 볕이 잘 드는 곳에 긴 의자를 꺼내놓고 아이들을 앉혔다. 순서대로 손톱을 깎아주고, 머리를 빗겨주고, 콧물도 닦아주는 것이 내 일과였다. 부모님들은 그날그날 먹고사는 일만으로도 벅차 아이들을 돌볼 여유가 없던 시절이었다.

형제는 많지, 부모님은 종일 일에만 매달리시지, 그 당시의 아이들은 부모에게 투정 한 번 제대로 부릴 수 없었다. 그래서 대신 내가 한 명 한 명에게 최선을 다해 애정을 쏟아부었다. 손을 잡아주고 머리를 쓰다듬어주다 보면 어느새 아이도 마음을 열고 내게 기대오곤 했다. 얼마나 사랑스러웠는지 모른다.

퇴직한 지도 50년이 다 돼가는데 오늘 그때의 제자가 부인과 함께 찾아왔다. 제자라고는 하지만 이 녀석도 벌써 80대 할아버지다. 그런데도 내 앞에서는 다시 초등학생으로 돌아가버린다.

가정 시간에 손바느질로 속옷을 만든 적이 있었는데, 바느질에는 영 소질이 없어 어설프던 녀석이었다. 그래도 끈기 있게 끝까지 완성했다. 그때 나도 같이 기뻐하며 끝까지 노력한 아이에게 장하다고 칭찬을 아끼지 않았다. 힘들게 고생한 기억이 아이를 성장시키는 양식이 되는 법이다. 그 일을 제자도 기억하고 있어서 추억 이야기를 하며 한참을 웃었다.

13일... 다 자란 무가 밭을 가득
채웠다. 요즘은 예전처럼 절임을 만들
지 않으니 먹을 만큼만 뽑는다. 끙하고
힘을 줘 뽑아보니 정말 실하게 자랐다.
늙은이 힘으로는 무 뽑기 하나도 쉽지
않다. 그래서 집에 오는 손님들에게 뽑
아가라고 하는데, 뽑는 요령이 없다 보
니 끝을 부러뜨릴 때가 많다. 그렇게 밭
에 남겨진 끝부분은 내 차지가 된다.

16일... 교토 혼간지本願寺 절의 기자가 취재를 하고
싶다며 집에 찾아왔다. 정토진종 혼간지파에서 발행하는 기관지인
「혼간지 신보」의 기자라는데, 100살 할머니가 매일 밤 큰 소리
로 불경을 읽는다고 하니

신기해서 찾아온 모양이다. 사진도 많이 찍었는데 일부러 꾸미면 더 어색할 것 같아서 평소 모습을 그대로 보여줬다.

18일... 아직 새해가 오려면 좀 남았지만, 오늘은 말린 검은콩을 삶았다. 검은콩은 '고생콩'이라고도 한다(일본어로 '검다'와 '고생'의 발음이 '구로'로 같다. 재배할 때 다른 농사보다 고생스럽다는 의미도 담겨 있다—역주). 그래서 나는 고생하기를 바라는 마음으로 검은콩을 먹는다. 고생을 해봐야 비로소 보이고 느끼는 것이 있다. 어떻게 극복해야 할지를 생각하게 되지 않는가.

역경 없는 인생만큼 시시한 인생도 없지 않을까? 나도 참, 이런 실없는 소리나 하고 있다. 하여간 입만 살아서 큰일이다.

21일...   오늘은 신문 여기저기에 세라 고등학교의 역전 경기 (도로를 달리는 장거리 릴레이 경기—역주) 소식이 실려서 구석구석 꼼꼼히 읽었다. 어제는 텔레비전 중계를 보면서 응원했다.

세라 고등학교는 나오랑 자주 가는 드라이브 코스 중 한 곳이다. 전에 선수들이 열심히 연습하는 모습을 본 적이 있는데 이렇게 소식을 접하니 새삼 반갑다.

매년 연말이 되면 직접 손으로 쓰는 연하장

22일... 연하장을 서른 장이나 샀다. 요즘은 '이제 나이가 들어서 연하장 쓰기도 힘드네요. 내년에는 보내지 못할지도 모르겠습니다'라고 쓰여 있는 연하장을 받는 일이 부쩍 늘었다. 그런 연하장을 볼 때마다 이렇게 잘 써놓고 왜 약한 소리를 하는지 안타깝다.

그래서 나는 '우리 힘냅시다'라고 쓴다.

2021년 2월
내일의 즐거움이 오늘을 사는 힘이 된다

1일... 매일 바쁘게 할 일이 있다 보니 잊어버리지 않게 부엌에 있는 달력에 일정을 적어둔다. 일정이 적힌 달력을 보고 있으면 만나기로 한 친구의 얼굴이 자연히 떠오른다. 내일의 즐거움을 만들어두고 그 힘으로 오늘을 살아가는 거다.

매주 월요일에는 '나카요시 클럽(사이 좋은 클럽이라는 의미—역주)'의 모임이 있다. 이 지역 할머니들이 모여서 다이쇼고토(일본의 전통 현악기—역주) 연주를 연습하는데, 레퍼토리가 40곡 정도 된다. 오늘은 일본의 가곡 〈황성의 달荒城の月〉을 연주했다. 언제 들어도 음색이 참 곱다.

그런데 사실 연습은 뒷전인 날이 많다. 난로를 끼고 빙 둘러앉아서 웃고 떠드는 날이 더 많다. 이 모임의 진짜 재미가 거기에 있다. 왁자지껄하게 한참 수다를 떨고 나면 모두 스트레스가 다 풀렸다는 듯 만

족스러운 얼굴로 돌아간다.

1973년에 결성된 나카요시 클럽은 이래봬도 역사가 50년이나 된 소중한 모임이다.

당시 농기구가 급속도로 보급되고, 유치원이 생겨 손자들을 유치원에 보내기 시작하면서 농가의 할머니들이 한가해지기 시작했다. 남는 시간을 어떻게 활용하면 좋을지 몰라서 밭두렁에 앉아 멍하니 시간을 보내던 일이 계기가 됐다.

그때 다 같이 모여서 뭔가 해보자는 말이 나왔고, 그렇게 '나카요시 클럽'이 탄생했다. 당시 현직 교사였던 내가 지휘봉을 흔들며 선창하면 각자 막대기로 프라이팬이나 상자를 두드리면서 리듬에 맞춰 합창을 하기도 하고, 때로는 남자들을 초대해서 포크댄스를 추기도 했다. 모임이 있는 날이면 살짝살짝 멋도 부려보고, 모이면 여고생들처럼 웃음이 끊이질 않아서 마치 다시 이팔청춘으로 돌아간 기분이었다.

창단 당시 클럽의 주축은 19세기 후반에 태어난 언니들이었다. 어릴 적부터 동생들 돌보랴, 밭에 나가 일하랴, 쉴 새 없이 일만 하느라 자신들을 위한 시간 같은 건 가져본 적도 없던 인생이었다. 그런 우리에게 나카요시 클럽은 '작은 혁명'이었다.

그때는 나도 매일 일이 끝나면 서둘러 집에 돌아와 해가 질 때까지

밭일을 거들었다. 농가의 며느리로서 책임을 다하려고 정신없이 바쁘게 살았지만, 지금은 그 누구의 눈치도 보지 않고 자유를 만끽하며 살고 있다.

낮에는 조카딸 나오랑 근처 가게에 라멘을 먹으러 갔다. '오노미치라멘' 가게의 라멘도 내가 좋아하는 음식 중 하나다. 그러고 보니 몇년 전에 이 가게에서도 우연히 합석한 사람과 신나게 이야기꽃을 피운 적이 있다. 그 사람의 어머니가 나와 같은 동네 출신이라지 뭔가. 그 일이 인연이 돼서 지금도 연말이면 떡을 보내준다. 수다가 특기라서 그런지 금세 친구가 생긴다.

2일... 오늘은 입춘 전날인 절분節分(일본에는 절분에 나이 수대로 콩을 먹는 풍습이 있다—역주)이다. 내 나이만큼 콩을 세보니 많기도 하다. 양손에 한가득 들어찼다. 내가 100살이라는 사실을 또 이렇게 실감한다. 그래도 이 콩알 하나하나가 내가 살아온 일 년 일 년이라고 생각하니 어쩐지 귀엽다.

9일... 우리 집 부엌은 흙바닥이라 누구나 신발을

신은 채로 부담 없이 들어올 수 있다. 부엌
에 의자를 놓고 동네 이웃들과 모여 수다를
떤다. 그중에 아버지가 80년 전에 만들어주
신 재봉틀용 의자도 있다.

내가 시집올 때 챙겨온 귀한 의자다. 재봉틀
은 망가져버렸어도 의자는 여전히 유용하게 쓰
고 있다. 받침대로 쓰거나 차를 마실 때도 쓴다.

사실 아버지 유품이라 버릴 수가 없다.

10일...   수요일은 데이케어 센터에 가는 날이다. 다니기 시작
한 지 이제 8개월 정도 됐다. 다들 나보다 젊지만 내가 가장 최근에 들
어온 신입생이다. 그래서 아침에 도착하면 "안녕하세요. 잘 지내셨어
요?" 하고 인사도 먼저 건네고, 노래도 다른 사람보다 두 배는 더 크게
부른다. 체조도 씩씩하게 잘 따라 한다. 모두가 웃으며 인사를 받아주
면 기분이 참 좋다.

여기서는 목욕도 신나는 일이다. 작년까지는 집에서 부뚜막 위에
올린 철제 욕조五右衛門風呂에 직접 불을 지피고 물을 데워서 목욕을 했
지만, 지금은 이곳에서 한다. 몽글몽글한 거품으로 목욕하고 나면 그
렇게 개운할 수가 없다.

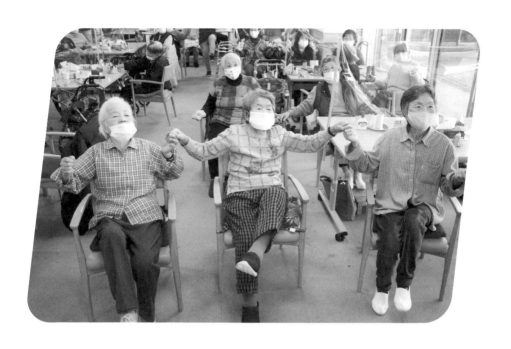

15일...　　　빨래는 이틀에 한 번 한다. 작년 여름에 전자동 세탁기

를 새로 장만했는데, 손에 익지 않아서 한참을 고생했다.

'버튼을 두 번만 누르면 된다'고 나오가

가르쳐주었지만, 버튼을 눌러도 바로

돌아가지 않아서 기다리지 못하고 다

른 버튼을 이것저것 눌러버렸다. 결국

나오에게 전화해서 세탁기가 안 돌아

간다고 와달라고 하는 수밖에 없었다.

두 달 정도는 계속 그랬던 것 같다.

16일...　　오늘은 모임이 있어서 오전과 오후에 두 번이나 다이쓰지 절에 다녀왔다. 절에 가면 다 아는 얼굴들이다. 다 같이 입을 맞춰 '정신염불게'를 읊으면 왠지 기운이 샘솟는다.

2021년 3월
나는 이렇게 100년을 살아왔다

이런 세상에나! 놀라운 일이 벌어졌다. 3월 15일에 오노미치시 교육위원회가 개최한 '100년을 사는 지혜'라는 강연회에 강사로 초대받아 다녀왔다.

빈 강의실에서는 가슴이 콩닥콩닥 두근거리기도 했는데, 막상 시작하고 나니 긴장감도 어느새 날아가버렸다.

강연은 〈세토의 신부 瀬戸の花嫁〉라는 노래를 합창하며 시작했다. "여러분, 큰 목소리로 불러주실 수 있나요?"라고 말을 꺼낸 다음 가사를 적은 큰 종이를 걸고 다이쇼고토로 반주를 했다.

사실 강연이라고 하기에는 너무 거창하다. 그저 열심히 하루하루 살아가는 늙은이의 사는 이야기일 뿐이다. 어떻게 하면 매일 즐겁고 멋지게 살 수 있을까. 그런 이야기뿐이다. 강연에서 내가 강조한 건 다섯 가지 마음가짐이었다.

강연에서 참가자들과 함께
노래하시는 할머니

멋진 인생을 위한 다섯 가지 마음가짐

하나, 인생은 표리일체. 이왕이면 좋은 쪽으로 생각하자.

세상 만물에는 앞과 뒤가 있다. 자, 봐라. 내 손만 봐도 그렇지 않은가. 손등에는 주름이 자글자글하지만 뒤집어보면 손바닥은 매끈하다. 한 쪽에서만 보면 절대 알 수가 없다. 입시에 실패해서 원하지 않던 대학에 갔더라도 어쩌면 그곳에서 평생의 친구를 만날지도 모른다. 그러니 실패도 뒤집어서 좋은 방향으로 생각하자. 실패한 일에만 얽매여 있으면 열등감에 빠져 인생 전체가 꼬여버린다. 한없이 초라해지고

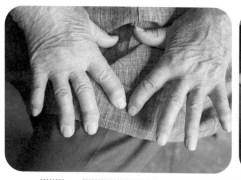

1 손등에는 주름이 자글자글해도
뒤집어보면 손바닥은 매끈하다

작아진다. 실패는 과정일 뿐이다. 얼마든지 다시 도전할 수 있다. 그러다 보면 언젠가, 그 일이 사실 실패가 아니었다는 사실을 깨닫는 날이 분명 온다.

둘, 기쁨은 되도록 크게 표현하자.

상대에게 기쁘고 고마운 마음을 전하려고만 하면 늘 나도 모르게 살짝 과해진다. 평소에도 조카딸 나오가 자주 반찬을 가져다주고, 동네 이웃들이 청소를 도와줄 때가 많다. 혼자 사는 늙은이가 적적할까 봐 마음들을 써준다. 정말 고마운 일이다. 그럴 때마다 나는 "아이고, 이렇게 고마워서 어쩌나"라며 기쁜 마음을 숨기지 않고 드러낸다.

나이 든 사람이 축 처져서 얼굴에 짜증을 달고 살면 안 된다. 어른

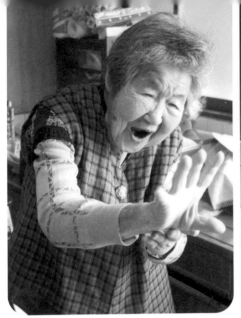

2   고마운 마음은 조금 과하게!

일수록 젊은 사람들에게 본을 보여야 한다. 보는 사람이 '저 나이에도 참 즐겁게 산다'고 생각할 수 있도록 항상 얼굴에 웃음을 잃지 않는다. 나름 '분위기 메이커'다. 어차피 한 번뿐인 인생이니 움츠러들지 말고, 주눅 들지도 말고, 편하게 살고 싶다.

셋, 사람을 찬찬히 살펴보자.

교사 시절 초등학교 5학년 담임을 맡았을 때 수학 시간만 되면 안절부절못하던 남자아이가 있었다. 가만히 지켜보니 아무래도 구구단을 모르는 것 같았다. 그래서 조용히 "구구단을 모르니?" 하고 물으니 울음

3 아이들에게 배운 교훈

을 터트렸다. 속상한 마음과 함께, 그래도 선생님이 알아주어서 다행이라는 안도감이 더해져 눈물범벅이 됐다. 구구단을 가르쳐주자 정말 열심히 공부하는 아이가 됐다. 참 뿌듯했다.

상대를 찬찬히 살펴보고 관찰하는 버릇은 교사 시절에 생긴 것 같다. 기운이 없어 보인다거나, 살이 좀 빠진 것 같다는 사소한 변화를 알아차리는 일은 어른들 사이의 관계에서도 중요하다. 변화를 두고 뭐라고 말을 꺼내는지에 따라서 상대의 반응도 달라진다. 누군가 관심을 가지고 자신을 지켜보고 있다는 느낌을 받으면 마음을 열고 자신의 본모습을 보여주게 되는 법이다.

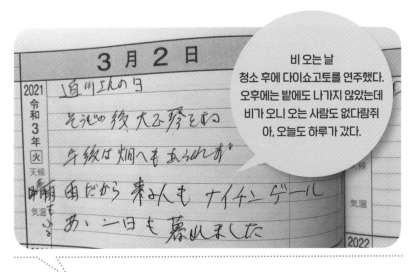

비 오는 날
청소 후에 다이쇼고토를 연주했다.
오후에는 밭에도 나가지 않았는데
비가 오니 오는 사람도 없다람쥐
아, 오늘도 하루가 갔다.

4 '없다, 없다'만 되풀이하면 될 일도 안 된다

넷, 부정적인 생각은 웃음으로 승화하자.

나는 먹을 것이 '없다', 돈이 '없다'처럼 부정적인 말을 쓸 때 말끝에 '다 람쥐'라는 단어를 덧붙인다. 예를 들면 '돈이 없다람쥐', 이런 식이다. 이렇게 하면 나도 모르게 피식 웃음이 나온다. 똑같은 '없다'라는 말이 라도 살짝 말장난으로 바꿔보면 느낌이 확 달라진다. '없다, 없다'만 되 풀이하면 괜스레 기분까지 우울해져서 이 말을 별로 하고 싶지 않다. 우울한 기분은 사람을 병들게 만드는 요물이다. 우울해지려고 할 때 는 더 깊이 빠지기 전에 빨리 자신을 구해내야 한다.

5 인생 선배를 따라 하면 잘못될 일이 없다

다섯, 인생 선배를 찾자.

어느 날 문득 정신을 차려보면 시어머니 흉내를 내고 있을 때가 있다. 틈만 나면 마당과 밭에 나가 잡초를 뽑아서 깔끔하게 해두는 것도, 매일 밤 부처님 앞에서 큰 목소리로 불경을 읽는 것도, 다 생전에 시어머니가 하시던 일이다. 나는 26살에 시집을 왔다. 그때 시어머니는 장작을 등에 지고 시내에 나가 파셨는데, 장작을 판 돈으로 당시에는 귀했던 소시지를 사오셨다. 그 소시지로 학교에서 일하는 아들 부부의 도시락 반찬을 만드셨다. 기운차게 일하는 농부의 모습도, 세심하게 마음 써주는 부모의 모습도, 항상 몸소 실천으로 보여주셨다. 여러분도 본받을 만한 인생 선배를 찾아보길 바란다. 그 사람의 행동을 따라 하면서 자연스럽게 몸에 익히면 이 또한 재산이 된다.

2021년 4월
반복되는 일상이 주는 행복

1일... 근처에 사는 이웃과 함께 미요시시三次市 미와초三和町 까지 꽃놀이를 다녀왔다. 때마침 꽃이 만개해서 강둑에 흐드러지게 피어 있었다. 이렇게 벚꽃이 만개한 풍경을 '센본자쿠라千本桜'라고 한다

는데, 100년을 살면서 이렇게 멋진 벚꽃은 나도 처음이다. "우와" 하고 감탄사가 절로 튀어나왔다.

오늘 같이 온 이웃과는 나오가 운전하는 차를 타고 여기저기 드라이브를 자주 다닌다. 돌아오는 길에는 세라 휴게소에 들려 쇼핑도 했다. 오늘도 즐거운 하루였다.

2일... 키가 큰 코스모스가 잔뜩 핀 밭에 올해는 고구마를 심어보고 싶어서 아침부터 잡초 뽑기에 나섰다. 고구마 생각을 하니 풀을 뽑는 손도 가볍다. 올가을에는 군고구마를 먹을 수 있겠지?

5일... 입원했다.

갑자기 다리에 통증이 생겨서 바로 나오에게 연락해 병원(오노미치시 공립 미쓰기 종합병원)에 데려다 달라고 부탁했다. '하퇴 봉소염'

이라는 피부 감염증이라는데, 양 종아리가 빨갛게 부었다. 저릿저릿하고 욱신거려서 걸을 수가 없다. 아프면 무조건 빨리 치료부터 받아야 한다.

16일... 이제 통증은 거의 없다. 살 만해지니 슬슬 밭에 자랐을 풀이 걱정돼서 빨리 돌아가고 싶은 마음뿐이다. 몸은 현금이나 마찬가지다. 가지고만 있고 쓰지 않으면 쓸모가 없다. 계속 누워만 있으니 몸이 무뎌지고 기분도 우울하다. 돌아가자마자 밭에 나갈 수 있도록 조금씩 몸을 풀어둬야겠다. 빨리 퇴원해서 일상으로 돌아가고 싶은 마음에 말 잘 듣는 착한 아이처럼 재활 치료도 열심히 받는다. 걷기도 하고 머리 체조도 한다. 재활 치료를 받고 나면 확실히 기분 전환이

된다.

며칠 전에는 재활 치료실에 피아노가 있길래 초등학교 교사 시절에 쳤던 〈송사리 학교〉와 〈튤립〉이라는 동요를 쳐봤다. 단순한 곡이지만 피아노 반주가 있으면 노래를 부를 때도 왠지 정성을 다하게 된다. 고맙게도 그 자리에 있던 환자들이 하나둘씩 노래를 따라불러서 또 즐거운 시간을 보냈다.

17일... 요즘은 코로나19 때문에 병원 면회를 할 수 없다. 상황이 이렇다 보니 핸드폰이 바깥세상과 이어주는 유일한 끈이 됐다. 평소에는 늘 배터리가 꺼진 채로 집 안 어딘가에 팽개쳐져 있는데 입원중에는 나오는 물론, 이 사람 저 사람과 통화를 하느라 자주 사용한다. 그건 그렇고 침대에 누워만 있는데도 식욕은 평소랑 똑같이 왕성하다. 병원 밥을 하나도 남기지 않고 싹 비운다. 잘 먹고, 잘 자고, 쉬지 않고 떠드는 건 언제 어디서나 자신 있다.

20일... 드디어 퇴원했다.

후추시 조게초에 사는 야요이(데쓰요 할머니 남동생의 딸, 사카나가 야요이坂永弥生 씨, 68세)가 병원으로 데리러 와줘서 무사히 퇴원할 수 있었다.

집에 돌아오니 주변 풍경이 조금 달라져 있었다. 산의 녹음은 더

짙어졌고 논에는 모내기 준비가 한창이다. 돌아오자마자 낙엽이 뒤덮인 마당을 깨끗하게 쓸어놓고, 불단 문을 열어서 남편에게 돌아왔다는 인사도 했다. 역시 집이 최고다.

매일 반복되는 똑같은 일상이 얼마나 행복한 일인지 새삼 깨닫는다. 101살을 앞둔 나이에 또 하나 배웠다.

23일... 　　다시 병원 신세다.

다리가 또 아프기 시작했다. 한번 아프고 나니 괜히 겁이 많아진 건지도 모르지만, 만약을 생각해 입원하기로 했다.

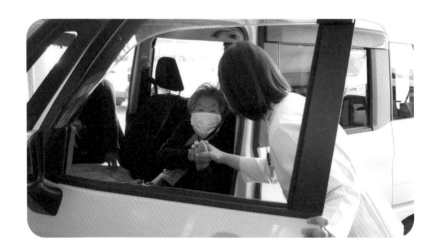

할머니가 즐겁게 꽃구경을 다녀오시고 나
흘이 지났을 때였다. 나오 씨에게 할머니가
입원하셨다는 메시지를 받고 심장이 덜컥
내려앉았다. 치료가 잘 되면 2주 후에는 퇴
원하실 수 있다고 들었지만 그래도 영 마
음이 놓이지 않았다.

　코로나19 감염 예방 때문에 면회도 갈
수 없어서 할머니의 상태를 제대로 알 수
가 없었다. 기운은 차리셨는지, 식사는 잘하
시는지 걱정만 하다가 병원 측의 배려로 9일에서야 2층 창문
너머로 얼굴을 뵐 수 있었다. "할머니" 하고 부르니 몸을 창밖으로 내밀고는
밝게 웃으며 두 팔로 크게 원을 만들어 우리를 안심시키려 하셨다.

　이번 달은 어쩔 수 없이 휴재해야겠다고 생각했는데 갑자기 생긴 변화를
할머니가 어떻게 받아들이고 극복해가는지 독자들에게 전하고 싶어졌다. 감
사하게도 병원 측이 입원 중인 할머니의 사진을 찍어줄 수 있냐는 우리의 부
탁을 흔쾌히 들어주었다. 덕분에 물리치료사 선생님의 도움으로 이번 호에
는 할머니가 재활 치료를 받는 모습과 식사 전 모습들을 사진으로 실을 수
있었다.

　할머니는 역시나 긍정적이셨다. 전화 통화를 할 때마다 곧 집에 갈 거라
고 말씀하셨는데, 목소리만 들어도 병원 직원들의 격려 속에서 열심히 재활
치료를 받는 모습이 그려졌다.

　그런데 입원 생활이 후반에 접어들었을 때 할머니의 기분이 조금 가라앉

은 듯 느껴지던 날이 있었다. 잠에서 깨어났는데 아침인지 저녁인지 분간이 안 갈 때가 있다고 하셨다. "마음을 편안하게 먹고 침착하게 생각해야지"라며 할머니는 스스로 꾸짖듯이 말씀하셨다.

할머니는 4월 20일에 약 2주간의 병원 생활을 마치고 퇴원하셨다. 퇴원하시는 모습을 취재하며 영상으로도 남겼다. 그런데 23일 밤, 할머니 댁으로 전화를 드렸는데, 통화가 안 되었다. 다행히 핸드폰으로는 연락이 닿았는데 어딘지 난처한 듯한 목소리로 작게 "지금 병원이야"라고 하시는 것이 아닌가. 다리에 약한 통증이 느껴져서 혹시나 하는 마음에 다시 입원하셨다고 한다.

혼자 계시다 보니 아무래도 불안하셨을 수 있다. 100살의 나이로 혼자 생활하시는 할머니에게는 평범하게 돌아오는 하루하루도 당연한 일상이 아니다. 매일 이불을 개서 장롱에 넣으며 "좋아, 오늘도 괜찮군" 하고 자신의 기력과 체력을 확인해오셨다. 굳은 각오를 가슴에 품고 소중히 쌓아온 하루하루다.

"걱정을 끼쳐서 면목이 없네." 할머니의 말씀에 오히려 내가 죄송스러웠다. 빨리 건강해지시라고 나도 모르게 할머니에게 부담을 드렸는지도 모르겠다. 이번에는 천천히 조금씩 건강을 되찾으시기를 바란다. 할머니는 돌아오는 4월 29일에 101살 생일을 맞으신다.

2021년 5월
기분은 제 할 탓

24일... 모두에게 걱정을 끼쳤지만 다행히 무사히 퇴원했다. 지금은 친정 근처에 사는 조카, 야요이네 집에서 잠시 신세를 지고 있다. 한동안은 이곳에서 밭의 잡초도 뽑아주고, 고노스케(야요이 씨의 손자, 8살)랑 놀기도 하면서 천천히 일상생활에 적응한 다음 다시 나만의 싱글 라이프로 돌아갈 생각이다.

사실 최근 한 달 새 마음이 많이 약해졌다. 마음을 좀먹는 벌레라도 생긴 모양이다. 두 번이나 입원하면서 주변 사람들에게 엄청난 폐를 끼쳤으니 그럴 만도 하다. 우울한 마음은 사람을 못 쓰게 만드는 요물이라는 걸 잘 알면서도 좀처럼 기운이 나질 않았다. '이참에 요양 시설에 들어가야 하나' 하는 생각이 머리를 떠나질 않았다.

솔직한 생각으로는, 일단은 집에 돌아가고 싶다. 아직은 혼자서 어찌어찌 버텨볼 수 있을 것 같다. 하지만 나 살고 싶은 대로 살겠다고 고집을 부리면 모두에게 짐만 될 뿐이다. 결국, 지금 생활을 정리하고 요양 시설에 들어가야겠다고 마음을 먹었다. 그런데 내 생각을 읽은 건지 야요이가 "앞으로도 걱정하지 마세요. 제가 도와드릴게요"라는 것이 아닌가. 그 한마디가 어찌나 고맙던지 이런저런 생각하지 않고 그 마음에 기대기로 했다.

그러자 거짓말처럼 마음이 활짝 개었다. 어서 집에 돌아가 밭을 갈고 싶은 마음에 가슴이 벅차올랐다. 참 신기하다. 아직은 혼자서 버틸 수 있다고 몸이 가르쳐주는 것 같다.

늘 똑같이 반복되는 일상을 보내는 일이 실은 얼마나 어렵고 소중한 일이었는지 입원하고 나서 새삼 다시 깨달았다. '제행무상諸行無常', 부처님은 우주의 만물은 항상 변하며 한 가지 모습에 머무르지 않는다고 말씀하셨다. 우리 몸도 계속해서 변해간다. 그러니 변해가는 몸에 맞춰 살아가는 환경도 바꿔야 한다. 나는 조그만 변화에도 금세 소심한 겁쟁이가 돼버리지만, 적극적으로 변화를 받아들이고 유연하게 대처해나가는 사람이 되고 싶다. 아직도 수행이 많이 부족하다.

언제 벌써 100살이 되었는지 모르겠다. 아, 아니다. 이제 101살이다. 그저 놀라울 따름이다. 사실 100살이 되는 해 1월에는 뭐라고 말할 수 없게 마음이 괴로웠다. 생각해봐라. 나이가 세 자리가 되는 거다. 이제 곧 생일이 돌아오면 100살이 된다고 생각하니 마음이 무거웠다. 늙었다는 사실이 직접 피부로 와닿았다. 생각해보면 고작 하룻밤이 지나가는 것뿐인데 마음이 그렇게 뒤숭숭할 수 없었다. 누구나 그럴 때가 있는 걸까?

나는 늘 '어차피 한 번 사는 인생, 기분 좋게 살다 가야 손해 보지 않는다'라며 자신을 타이른다. 기분 나쁜 일이 있어도 생각을 바꾸고 조용히 받아넘긴다. 그렇게 살다 보니 10년 전부터는 다른 사람의 이야기를 들을 때 평정심을 유지할 수 있었다. 빨리 집으로 돌아가 모두와 그동안 나누지 못한 이야기를 하고 싶다. 나오에게 내 안부를 묻는 전화가 여기저기서 많이 걸려오는 모양인데, 참 감사한 일이다.

할머니의 101살 생일 케이크

한심한 생각도, 괴로운 생각도, 다 자기 마음속에서 만들어진다. 그러니 붙잡고 끙끙댈지, 과감하게 끊어낼지도 다 제 마음먹기에 달렸다. 자기 마음은 자기가 키울 수밖에 없다. 몇 살이 되든 부지런히 갈고 닦아야 한다.

그런 의미에서 101살이지만 1살 생일을 맞이했다고 생각하기로 했다. 나는 인생을 새로 출발했다. 그러니 아직은 더 해나갈 수 있다.

스스로 한계를 정하지 않고 무엇을 하든 온 마음을 다해 노력할 생각이다. 우선 다음 달에 집으로 돌아가면 바로 고구마순부터 심어야겠다.

밖에 나가면 꼭 제자리걸음 운동을 하시는 할머니

야요이 씨가 본 할머니

고모가 사는 모습을 옆에서 지켜보면서 자연스럽게 고모의 삶을 존경하게 됐다. 예전에 고모가 이웃분들과 함께 결성한 '나카요시 클럽'에 구경을 갔을 때 벽에 붙어 있는 종이를 본 적이 있다. 종이에 돌아가신 친구분들과 그 가족들의 이름이 쭉 나열되어 있기에 이게 뭐냐고 물었더니, 일 년에 한 번 모두가 모여서 돌아가신 분을 기리며 불경을 읽고 추억 이야기를 하는 날이 있다고 하셨다. 고모가 이웃들을 얼마나 소중하게 생각하며 살아오셨는지 느껴졌다.

그래서인지 고모 댁에는 동네 이웃들과 제자들이 자주 찾아온다. 누구나 편하게 드나들 수

조카 야요이 씨와 함께

있는 집만큼 좋은 곳이 있을까? 이웃들과 함께 어우러져 살 수 있다는 건 행복이다. 고모의 뜻을 존중하고 변함없이 지금처럼 살아가시기를 진심으로 바란다. 편찮으신 시부모님을 돌봤던 내 경험에 비추어보면 고모는 아직 충분히 혼자 생활하실 수 있다. 끄떡없으시다. 지금 요양 시설에 들어가시기는 아깝다.

앞으로 '더는 힘들다'라고 느껴지는 때가 오면 우리 집으로 오셔도 되고, 그때 요양 시설에 들어가셔도 늦지 않다.

나오 씨가 본 할머니

숙모는 궁금한 것이 참 많으시다. 지금도 여전히 호기심이 넘치셔서 이것저것 많이 물어보신다. 입원하시기 전에도 우리 집 뒷마당에서 발견한 왕오색나비 애벌레를 보여드렸더니 또 한참 질문을 쏟아내셨다. 숙모는 그렇게 모든 이들과 자연스럽게 대화를 이어나간다.

숙모라고 왜 걱정이 없으실까. 자식이 없으시다 보니 사시는 동안 당신 일은 당신 손으로 해야 한다는 생각이 강하신 분이다. 그래서 늙어가는 현실에 대한 각오가 남다르시다. 더 행복하게 살기 위해 항상 밝게 생각하려고 하신다. 그런 모습을 보고 나도 많이 배운다. 나의 스승 같은 분이다.

조카 나오 씨와 함께

2021년 6월
하루하루를 소중히 생각하자

1일... 　요양하느라 한동안 신세를 졌던 야요이네 집에서 돌아와 다시 나만의 싱글 라이프를 시작했다.

오늘은 대나무 빗자루로 마당 청소를 했다. 오래 집을 비웠더니 풀과 낙엽으로 마당이 엉망이었다. 집에 돌아오자마자 밭에 나가 고구마순도 심었다. 아침에 된장국을 끓여 먹고 바로 '타타타'를 몰고 밭으로 갔다. 이 일 저 일 찾아서 하면서 일부러 몸을 바쁘게 움직였다. 건강했을 때와 똑같은 일을 똑같이 하고 싶었다.

몸을 움직이니 제대로 허기도 느껴지고, 잠도 푹 잘 수 있었다. 좋다, 지금 이대로만 가자! 내게 남아 있는 기력과 체력을 체크해가면서 나에게 주어진 하루하루를 아끼고 소중하게 이어갈 생각이다. 언젠가 결국 쓰러지는 날이 오겠지만 그건 그때 가서 생각하면 되고, 그때까지는 열심히 최선을 다해 살아보련다.

취재 기자가 본 할머니 ②

퇴원하셨다는 말을 듣고 할머니를 찾아갔던 날, 책장에 있는 불교 서적을 꺼내 무심코 펼쳤다가 깜짝 놀라서 나도 모르게 숨을 삼켰다. 표지 뒤에 할머니가 자필로 남긴 메시지가 있었다. '조상님, 죄송합니다. 여보, 미안해요.' 2년 전 99살이셨을 때 남긴 글이었다.

할머니는 1946년에 농가로 시집오셨지만 먼저 세상을 떠난 남편분과의 슬하에 자식을 두지 못했다. 자식을 많이 낳는 일이 당연했던 시대였다. 대를 잇지 못했다는 마음의 짐이 얼마나 무거우셨을까. 99살이 되었을 때 할머니는 다시 한번 그 무거운 마음의 짐을 느끼셨던 모양이다. 이 집은 어떻게 해야 할지, 남은 인생은 어떻게 해야 할지, 의지할 자식이 없어 불안해하시는 할머니의 고뇌가 글에 스며들어 있었다. 조상들과 남편에게 사죄하며 그 괴로움에서 벗어나고 싶어 하신 할머니의 아픔이 느껴졌다.

하지만 할머니는 분명 이 '인생의 숙제'로부터 도망치지 않고 맞서 가실 거다. 그 과정을 우리가 하나하나 기록해가면 어떨까? 우리에게도 다음 숙제가 주어진 기분이었다.

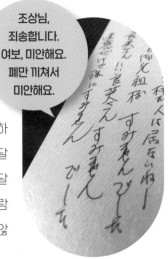

조상님, 죄송합니다. 여보, 미안해요. 폐만 끼쳐서 미안해요.

할머니가 글로 쏟아낸 속마음을 기사로 내보내도 괜찮을지 여쭈었더니 역시나 흔쾌히 허락하시며 이런 말씀을 하셨다. "마음은 달과 같아. 보름달처럼 휘영청 밝게 빛나고 싶은데 내 마음은 초승달처럼 기울어졌어. 약한 모습을 보여주고 여러 사람에게 도움을 받다 보면 내 마음도 보름달이 되지 않을까?" 또 명언을 들어버렸다.

2021년 10월
앞으로는 좀 내려놓고 살자

6일... 오랜만에 내 연재 기사가 실렸다. 한참 소식을 전하지 못했던 사이에 나는 약을 먹기 시작했다. 사진에 있는 것처럼 냉장고에 새로운 달력이 하나 더 생겼는데, 약을 넣어두는 약 달력이다. 마음

에 쏙 든다. 이렇게나 편리한 물건이 다 있다. 101살이 될 때까지 한 번도 매일 약을 챙겨 먹었던 적이 없었기에 야요이가 잊어버리지 말라고 걸어주고 갔다. 그런데 무슨 약이더라? (변비약과 다리 진통제였다.)

7일... 집 앞 비탈길을 내려가면 바로 밭이 있다. 오늘은 그 밭에서 고구마를 캤다. 캐 오자마자 얇게 썰어서 프라이팬에 올려 구웠다. 달고, 맛있다. 역시 최고다. 그리고 얼마 전 기쁜 일이 하나 생겼다. 함께 밭을 일굴 파트너가 한 명 나타났다. 이웃에 사는 친척인데, 나처럼 전에 교사로 근무했었다. 전부터 내가 '가나마루 선생님(과거 히로시마 대학 부속 미하라 학교의 부교장을 역임했던 가나마루 준

79

지金丸純二 씨, 73세)'이라고 불렀는데, 밭일은 초보자이니 자신이 제자라며 내 말에 열심히 귀 기울여준다. 정말 고마운 제자다.

안 그래도 101살이 되면서 이제 김을 매고, 씨를 뿌리고, 모종을 심는 일이 혼자서는 조금 힘에 부치던 참이었다. 그런데 가나마루 선생님과 둘이 도란도란 이야기를 나누며 하다 보면 어느새 뚝딱이니 참 신기한 일이다. 마음도 한결 편해졌다. 앞으로는 혼자서 짊어져왔던 무거운 짐들을 조금씩 내려놓아야겠다.

밭일을 함께하는 파트너,
가나마루 선생님과 함께

10일... 10월인데 아직도 덥다.
그래서 오늘은 그늘을 따라 옮겨 다
니며 집 주변의 잡초를 뽑았다. 일
을 마치고 돌아오면 따뜻한 물에
발을 담근다. 4월에 다리가 부어서
입원했을 때를 생각하면 아프기 전
에 미리미리 발을 깨끗하게 관리해야 한

다. 99살 때까지는 직접 장작을 지펴 물을 데워
서 목욕을 했다. 욕조에 들어가 있으면 따뜻한 온기가 몸을 감싸서 참
좋았는데, 지금은 일주일에 두 번 데이케어 센터에서 목욕하는 날만
기다린다.

12일... 테이블 위에 읽다 만 책들이 잔뜩 쌓여 있다. 저녁을
먹고 나면 가끔 책을 펼쳐보는데, 요즘은 신란 스님의 법어를 담은
『탄이초歎異抄』라는 책을 읽고 있다. 마음에 와닿는 말들이 있지 않을
까 싶어 찬찬히 훑어본다.

18일... 21일이 남편의 기일이라 모처럼 '타타타'를 타고 성묘
를 다녀왔다. 요즘은 오래 서 있기가 힘들어서 묘 앞에 의자 대용으로
쓸 술 궤짝도 하나 가져다 뒀다. 오늘은 묘지 주변 청소도 후다닥 끝

냈다. 마무리는 조카들에게 맡겨야겠다. 남편은 혼자 쓸쓸하다며 내가 빨리 오기만을 기다리고 있었을까? 글쎄, 아마도 '말이 많아서 시끄러우니 이제 그만 오시게'라고 했을 것 같다.

19일... 6월부터 독거 노인을 위한 도시락 배달 서비스로 저녁 반찬을 받고 있다. 매일 잘 얻어먹고 있어서 면목이 없을 정도다.

그동안은 내가 멸치와 잎채소를 볶아 먹거나 이웃들이 나눠준 반찬으로 끼니를 이어왔는데 이제 한 끼 정도는 편하게 먹기로 했다.

2021년 11월
생의 마지막은 눈부시고 멋지게

1일... 이 사진 속 여자가 누굴까? 80살의 나다. 다이쓰지 절에서 장례식이 있었던 날이었는데, 내가 추모사를 낭독하기로 해서 미용실에 들러 머리를 다듬고 갔다. 그날 누군가가 찍어준 사진이다. 상복도 입었겠다, 사진도 꽤 잘 나와서 나중에 영정 사진으로 쓰려고 액자에 넣어뒀다.

요즘은 생전에 미리 준비해두는 사람도 많지만, 그때만 해도 드문 일이었다.

지금보다는 좀 젊다. 그 뒤로 20년이나 더 살 줄 누가 알았을까. 그 래서 이 사진은 이제 못 쓸 것 같다. 장례식에 온 손님이 이게 누구냐 고 물으면 곤란하지 않겠는가.

4일...　　　오늘 야요이가 집에 들렀다. 자주 내 상태를 살피러 와 서는 침대 시트를 빨아주거나 여기저기 집을 정리해주고 간다. 그래 서 오늘은 야요이가 오기 전에 빨래를 끝냈다. 스스로 할 수 있는 일 은 스스로 해야 하는 법이다.

낮에는 야요이랑 같이 장을 보러 갔 다. 요즘 고기가 자꾸 당겨서 정육 코너 에 갔더니 때마침 가고시마산 소고기를 반값에 팔고 있었다. 밭에서는 고기가 나지 않으니 이럴 때 사야 한다. 그리고 내친김에 말린 정어리도 샀다. 옛날에는 바짝 말려서 색이 갈색으로 변한 것을 먹 었는데, 요즘에는 기술이 좋아졌는지 보 기에도 참 먹음직스러워 보인다.

8일... 이웃에 사는 요리(가네히사 세리코兼久世利子 씨, 67세)
와 후미(데라타니 후미코寺谷文子 씨, 83세)가 우리 집에 와서 함께 가
시와모찌를 만들었다. 평소 좋아하는 음식이다 보니 마당에 울창하게
자란 떡갈나무를 볼 때마다 먹고 싶어진다. 다들 손이 빨라서 순식간
에 뚝딱 떡이 만들어졌다. 예전에는 5월 5일에는 가시와모찌를, 3월 3
일에는 아라레(쌀과자─역주)를 만들었다(일본에서 5월 5일은 '어린이날',
3월 3일은 '여자아이의 날'이다─역주). 어릴 적에는 그날 먹는 그 과자 하
나가 그리 귀할 수가 없었다. 질그릇으로 구운 아라레를 종이에 싸서
야금야금 아껴 먹고는 했다.

14일...　　가나마루 선생님과 함께 심은 감자가 알이 좀처럼 굵어지지를 않는다. 선생님은 걱정이 한가득이지만, 괜찮다. 작아도 감자는 감자다. 밭농사를 짓다 보면 생각만큼 작물이 잘 자라지 않을 때도 있다. 그냥 내 방식대로 짓는 거라 이유 같은 건 나도 잘 모른다. 어쩌면 감자도 어느 때는 크게 자라고 싶다가, 또 어느 때는 다 관두고 싶을 때가 있는 게 아닐까?

17일...　　불단과 책장 서랍에서 노트가 잔뜩 나왔다. 영정 사진을 찍었을 무렵이었던가? 지인이나 동창들이 잇따라 세상을 떠나서 장례식에 자주 갔었다. 그러다 보니 나도 미리 내 장례식과 절에 부탁할 사후 처리에 관해서 적어두어야겠다는 생각이 들었다. 매일 활기차게 여기저기 잘 돌아다니지만, 혹시나 밤에 갑작스럽게 떠나게 되면 어쩌지? 조카딸들에게 부담을 주고 싶지는 않은데……. 그런 생각이 들면 옆에 있는 노트에 생각나는 대로 끄적여 두었다.

그때그때 손에 잡히는 노트에 써두다 보니 다섯 권이나 됐다. 내 고민거리를 모두에게 떠넘기는 것 같아서 미안하지만 언제 시간을 내서 한 권으로 정리해 조카딸들에게 주어야겠다.

22일...　　　우리 집 논은 근처 이웃이 맡아서 농사를 짓고 있다. 덕분에 올해도 햅쌀을 받았다. 역시 햅쌀밥은 맛이 다르다. 한 번에 쌀 한 공기 정도 밥을 지어서 서너 번으로 나누어 먹는다. 감사하게도 이 놈의 식욕은 떨어질 줄을 모른다. 그래도 몸무게는 늘 그대로다. 45킬로그램 정도를 유지하고 있다.

취재 기자가 본 할머니 ③

취재하러 찾아뵐 때마다 느낀다. 할머니가 그분을 얼마나 사랑하셨는지를. 취재 때마다 꼭 한 번은 그분의 이름을 입에 담으신다. 2003년에 세상을 떠나신 할머니의 남편 요시히데 할아버지. 할머니는 오늘도 하늘을 물끄러미 올려다보시며 할아버지의 모습을 떠올리셨다.

"잘하고 있다고 칭찬해주는 것 같아."

가장 사랑하는 사람이 지켜봐준다는 절대적인 믿음이 할머니에게는 오늘을 살아가는 힘이 된다.

그런데 그게 전부가 아니었다. 침대 옆 서랍 위에 세워져 있던 할아버지의 사진이 얼마 전부터 베개 옆에 놓여 있었다. 할아버지가 그리우셔서 더 가까이 두셨냐고 묻자 딱히 그런 건 아니라는 의외의 대답이 돌아왔다.

"남편이 외롭지 않게 내가 신경 써주는 거지."

할머니 또한 할아버지를 지켜주고 있는 것이었다.

부처님의 가르침 중에 구회일처(俱會一處)라는 말이 있다. 극락에서 다시 만난다는 뜻이다. 할머니도 할아버지와 다시 만날 그날을 상상하며 가끔 우리에게 들려주신다.

"주름이 많아져서 못 알아보고 지나치면 어쩌나."

그렇게 말씀하시면서 어깨를 힘없이 늘어뜨리고 고개를 푹 숙이셨다가도, "그래도 목소리는 기억하겠지. 큰 소리로 노래라도 부르면서 갈까 봐." 라며 재밌다는 듯 혼자 작게 웃으신다.

그럴 때면 듣고 있던 우리도 같이 웃게 된다. 삶의 끝을 이야기하면서도 할머니는 조금도 침울해지지 않고, 오히려 상상의 날개를 활짝 펼치신다. 인생의 이치를 깨달은 사람만이 가질 수 있는 여유로운 분위기가 느껴진다. 할머니에게서 죽음은 두려운 것이 아니라 또 다른 삶의 연장이라는 사실을 배웠다.

"혹시 저세상에서 새장가라도 갔으려나?"

가끔은 귀여운 질투도 하신다.

삶의 마지막을 준비하는 다섯 권의 '엔딩 노트'에는 쓰지 않으셨지만, 조카딸들에게 마지막 가는 길에 곱게 화장을 해달라고 부탁하셨다고 한다.

2021년 12월
그리운 추억을 벗 삼아

8일...　　　오늘은 동네 할머니들이 한자리에 모이는 '나카요시 클럽' 모임이 있는 날이다. 1973년에 시작했으니 정말 오래도 이어왔다. 그리고 오늘은 일 년에 한 번 있는 '추모의 날'이다.

'추모의 날'은 갑작스럽게 찾아온 소중한 친구와의 이별을 계기로 만들어졌다. 1987년에 나카요시 클럽의 친구 하나가 교통사고로 갑자기 우리 곁을 떠났다. 잘 가라는 말도, 고마웠다는 말도 하지 못했다. 그때 남은 사람들끼리 모여 그 친구와 있었던 추억을 이야기하면서 서로의 아픈 마음을 달래주었던 것이 '추모의 날'의 시작이었다.

그 후로는 나카요시 클럽의 친구가 우리 곁을 떠날 때마다 벽 한쪽에 붙어 있는 종이에 고인의 이름을 적어나갔다. 안타깝게도 그 종이에는 고인이 된 친구와 그의 가족들의 이름이 길게 이어져 있다. 매년 더해지다 보니 벌써 64명이나 된다. '추모의 날'에는 이 종이를 앞에 두

고 다 함께 큰 소리로 불경을 읽는다. 이날만큼은 특별히 고급 도시락도 주문해서, 둘러앉아 먹으며 고인이 된 사람들과의 추억 이야기를 풀어놓는다. 추억이 어찌나 많은지 이야기가 끊이지를 않는다.

"미요코는 다이쇼고토를 정말 잘 쳤어. 건반을 하나하나 누를 때마다 피아니스트처럼 감정을 실었다니까. 지금도 그 모습이 떠올라."고 인이 된 친구의 흉내를 내기도 하며 보물 상자에 간직해두었던 소중한 기억을 하나하나 꺼내놓듯이 각자가 기억하는 추억들을 이야기하다 보면 어느새 그때로 돌아간 것처럼 금세 분위기가 화기애애해진다. 그러다 분위기가 잦아들면 누군가가 조용히 말한다. "목소리가 듣고 싶네."

죽음은 끝이 아니다. 죽어서도 모두의 마음속에서는 영원히 살아 있다. 같은 동네에서 같은 시간을 살아온 친구들이 그들을 잊지 않고 기억하고 있다고 전해주고 싶다. 추억은 그 사람이 이 세상에 살았다는 증거다.

그리고 한 사람이 한 번에 짊어질 수 있는 슬픔에는 한계가 있다. 그러니 큰 슬픔일수록 친구들과 함께 나누어야 한다. 모두 함께 힘을 모아 슬픔을 이겨내고 극복하자는 마음으로 만든 날이 바로, '추모의 날'이다.

낮에는 오노미치시 시청에서 직원이 찾아와 성인식 행사에 쓸 영상 편지를 찍어갔다. 지난주에 이어서 두 번째 촬영인데 이번에 성인이 된 아이들에게 보여줄 메시지란다. 스무 살이라. 이 단어가 주는 울림이 참 좋다. 아주 오래전이지만 내게도 그런 시절이 있었다.

9일... 가나마루 선생님과 감자를 캤다. 알이 굵어지지 않는다고 걱정했는데 막상 캐보니 꽤 잘 영글었다. 캔 감자는 큰 것과 작은 것을 나누어 자루에 담아두고, 껍질을 벗길 때 손이 더 많이 가는 작은 것을 먼저 먹는다. 그렇게 하지 않으면 결국 작은 감자만 남아버려서 나중에는 먹기가 싫어진다. 하나도 버리지 않고 다 먹어야 마음이 편해서 찾아낸 내 나름의 방법이다. 아무래도 자린고비 기질이 있는 모양이다.

13일... 날이 추워져서 난로를 꺼냈다. 연료통에 등유를 가득 채우니 조금 무겁기는 했지만, 이것도 운동이라 생각하면 할 만하다.

16일...　　　나오가 작은 냄비에 카레를 담아 가져왔다. 덕분에 오
랜만에 카레를 먹었다. 진한 맛이 잘 우러난 카레를 먹으니 몸도 후끈
후끈 데워지는 기분이다.

20일...　　　아직 새해가 되려면 좀 남았지만 오늘은 '가라우마'를
만들었다. 어릴 때부터 명절에 꼭 먹었던 음식이다. 처음 들어보는 사
람도 있으려나? 우엉과 멸치를 매콤달콤하게 볶은 음식이다. 쉽게 말
해서 우엉 볶음인데, 여기에 고추를
더해서 매콤한 맛을 낸다. 나는 멸
치를 손으로 잘게 찢어서 넣는데,
영양 보충도 되고 내 입에는 잘 맞
는다. 예전에는 우엉도 집에서 키웠
다. 그런데 감자와 마찬가지로 꼭
작은 것들이 남았다. 버리기는 아까
우니 연말에 이렇게 가라우마를 잔
뜩 만들어서 처리하곤 했다.

　　내가 요리를 잘할 것 같다고? 사
실 서양 요리는 거의 할 줄 모른다.

94

젊었을 때는 신문이나 잡지에 실린 요리 레시피를 잘라서 노트에 붙여놓기도 했다. 검은콩조림을 만드는 방법만 해도 꽤 많이 모았다.

점심 전에 나오가 케이크를 가져왔다. 친구가 구운 빵에 나오가 크림 장식을 했다는데, 너무 예뻐서 먹기 아까울 정도다. 나카요시 클럽의 친구들과 같이 먹을 생각이지만 그 전에 크림 맛만 살짝 볼까?

내 이야기를 읽은 신문 독자들에게
편지를 받았다.
이 나이에도 새로운 인연을 맺을 수 있다니
나는 정말 행복한 사람이다.

제2장

궁금해요!
데쓰요 할머니

할머니의 연재 기사를 읽은 신문 독자들의 질문에
할머니가 직접 대답해주셨다.
할머니의 어린 시절 추억이 잔뜩 녹아 있는 대답들.
할머니의 인생을 되짚어보는 시간이었다.

2022년의 포부를 한마디로 표현하신다면?

붓으로 종이에 써보라니 이거 왠지 쑥스럽네요. '웃자'라고 쓰면 되려나요? 재작년에도, 작년에도, 올봄에도 몇 주간 병원 신세를 졌으니 올해는 건강하게 한 해를 보냈으면 좋겠어요. 다 같이 사이좋게 웃으면서 지내고 싶네요. 그거 하나면 더 바랄 것이 없겠어요.

그나저나 참 오랜만에 붓을 잡아봤어요. 이렇게 끝이 섬세하게 모인 훌륭한 붓으로 글씨를 써볼 기회를 주니 영광이군요. 어릴 때는 낡아서 끝이 뭉뚝해진 붓을 들고 학교에 다녔지요. 우엉 붓이라고도 했는데, 그런 붓으로 글씨를 썼으니 명필이 되려야 될 수가 없었다고 죄 없는 붓 핑계를 대보기도 하지만, 그래도 나는 글을 쓰는 일을 좋아해요.

올해도 연하장을 많이 썼지요. 일 년에 한 번 보내는 연하장이 내가 아직 살아 있다는 생존 신고이기도 하네요.

 ## 기억에 남는 책이 있으시다면?

고단샤講談社라는 출판사에서 발간한 「소년구락부」라는 잡지가 있었어요. 초등학생 때는 매달 그 잡지를 꼭 샀어요. 붓이든, 붓 통이든 죄다 남이 쓰던 것을 얻어다 썼지만, 그래도 아버지가 책은 잘 사주셨지요. 당시 돈으로 한 권에 45전(약 4원)쯤 했는데, 아버지께 50전(약 4.5원)

笑う
百一才
哲代

올자,
101살 데쓰요

'올해도 다 같이 웃으며 지내고 싶다'라는 바람을 담아서을 받으면 남은 5전이 내 용돈이었어요. 그 잡지가 보물이라도 되는 듯이 신문지로 곱게 싸서 모았었지요.

그리고 하숙집에 나가 살던 9살 위 오빠가 집에 올 때마다 사다 주던 책을 손꼽아 기다렸던 기억도 납니다. 그중에 『로빈슨 크루소』를 특히 좋아했는데, 하도 많이 읽어서 나중에는 다 외울 정도였어요. 집안일도 팽개치고 독서 삼매경에 빠져 있다가 아버지에게 혼난 적도 많았지요. 그래도 또 숨어서 책을 읽곤 했어요. 책을 받으면 왠지 내가 어른이 된 것 같은 기분이었어요. 아마도 그래서 책을 좋아하게 된 모양이에요. 조금 더 커서는 요시카와 에이지吉川英治의 『미야모토 무사시宮本武蔵』 같은 역사 소설을 주로 읽었어요.

할머니 집에 있는 책장. 요시카와 에이지의 역사 소설과 교육 관련 서적,
불교 서적을 비롯해 다양한 장르의 책이 꽂혀 있다.

'사랑'이라는 말을 들으면 누가 떠오르시나요?

제일 먼저 떠오르는 사람은 부모님, 그리고 다음이 남편이에요. 우리 집은 그리 넉넉한 형편이 아니었던지라 어려서부터 집안일을 많이 도우면서 자랐지만, 단 한 번도 고생이라고 생각했던 적은 없었어요. 아버지 성함은 '오가와 곤고헤이小川金剛', 어머니 성함은 '오가와 치카小川チカ'예요. 지금도 가끔 부모님 모습이 생각난답니다.

두 분 다 당신들의 사진이 책에 실릴 줄은 꿈에도 모르셨겠지요?

허리 한 번 펼 새 없이 열심히 일해서 우리 형제를 귀하게 길러주셨어요. 부모님께 사랑받으며 자랐던 시간은 무엇과도 바꿀 수 없는 소중한 추억이에요.

할머니의 아버지와 어머니

할머니의 이름은 누가 지어주셨어요?

나의 결혼 전 성은 '오가와小川'예요. 한자로 쓰면 획수가 6획인데, 우리 친정 동네에는 성보다 이름의 획수가 적어야 잘 산다는 미신이 있었어요. 그 미신 때문에 아버지가 고민이 많으셨다고 해요. 6획보다 적은 획수로 이름을 짓기가 어디 쉬웠겠어요? 다행히 10획은 0으로 쳐도 된다는 말에 10획인 '데쓰哲'에 5획인 '요代'를 붙여 지어주셨지요.

우리 집은 나를 포함해 오빠 다케토剛民, 남동생 사토시悟示, 여동생 모모요桃代까지 4남매인데, 모두 이름의 첫 번째 한자가 10획이에요.

사실 데쓰요哲代라는 이름은 약간 거칠고 강한 느낌이 들기는 하지요. 심지어 가끔 편지를 받아보면 '鉄代(한국 한자로는 鐵代이며 일본어 발음은 '데쓰요'로 똑같다—역주)'라고 한자를 잘못 쓰는 사람도 있어서 때때로 '강철의 여인'이 되기도 한답니다. 그래도 아버지께서 좋은 이름이라고 생각해 지어주셨으니 틀림없이 좋은 이름이에요. 지금은 101년이나 함께 살아온 내 이름이 나와 참 잘 어울린다고 생각합니다.

요즘 만나보고 싶은 사람이 있으세요?

개그 콤비 '안가르즈'의 다나카 다쿠시田中卓志와 이야기해보고 싶어요. 내가 초등학교 교사가 되고 처음으로 부임한 학교는 후추시 조게초에 있는 요시노 심상고등소학교였는데요. 다나카 다쿠시의 부모님이 그 근처에 사신다는데, 그 말을 듣고 나니 같은 고향 사람이라 그런지 왠지 친근하게 느껴져요. 솔직히 어떤 개그를 하는지는 잘 모르지만…….

그래도 텔레비전에서 자주 얼굴을 봐요. 다나카 다쿠시가 여기저기 돌아다니면서 사람도 만나고 지역을 소개라는 프로그램을 자주 보는데, 제목이 뭐였더라, 아! 〈모토나리元就〉. 텔레비전에서 볼 때마다 팬으로서 열심히 응원하고 있어요.

 ## 무슨 색을 좋아하세요?

보라색을 좋아해요. 이래봬도 발이 빠른 편이라 초등학교 때는 달리기를 하면 늘 1등이었지요. 당시에는 근처에 있는 초등학교 대여섯 곳이 모여서 겨루는 학교 대항 운동회가 있었는데, 내가 다녔던 조게 심상고등소학교를 대표하는 색이 보라색이었어요. 이어달리기 경기에 출전하는 선수로 뽑혀서 머리에 보라색 띠를 둘렀던 그 순간이 그렇게 자랑스럽고 뿌듯할 수가 없었어요.

항상 첫 번째 아니면 마지막 주자로 뛰었지요. 공부는 좀 부족했어도 달리기만큼은 누구에게도 지지 않을 자신이 있었어요.

앞치마, 수건, 방석 할 것 없이
좋아하는 보라색으로 골라
일상의 활기를 불어넣는 할머니

역시 먹는 즐거움을 빼놓을 수가 없지요. 뼛속까지 시린 요즘 같은 계절에는 뜨끈한 국물이 당겨요. 오늘 아침에도 무를 듬뿍 넣고, 떡도 세 개나 넣어서 떡국을 끓여 먹었어요. 떡 세 개가 많다고요? 무슨 소리, 식욕이 당기면 여섯 개 정도도 거뜬히 먹는데요. 100살이 넘었어도 밥 때가 되면 배 속에서 밥 달라고 신호를 보낸답니다. 나는 떡을 좋아해서, 너무 많이 먹지 않도록 나름대로 신경도 쓰고 있어요.

이는 이미 60대부터 틀니를 사용했어요. 이 녀석 덕분에 고맙게도 뭐든 맛있게 먹을 수 있지요. 지금까지 불편하다고 느낀 적도 없어요.

좋아하는 음식 중 하나인 떡으로 점심 식사를 대신하기도 한다

치과에서 꼼꼼하게 신경 써서 만들어주었는지 내 입에 아주 잘 맞아요.

 ## 할머니의 팬인 여고생입니다.
다시 17살로 돌아간다면 뭘 하고 싶으세요?

17살 꽃다운 나이로 돌아간다니, 이거 참, 생각만 해도 좋군요. 17살의 나는 사범학교 2학년 학생이었어요. 시골에서 올라와 처음으로 기숙사 생활을 시작했던 터라 주변에 아는 사람이 한 명도 없었지요. 마음을 굳게 먹고 선생님이 되겠다는 목표를 향해서 뭐든 열심히 했어요. 그중에서도 특히 오르간 연습에 공을 들였는데, 치는 법을 정식으로 배운 적은 없어서 다른 사람이 치는 걸 어깨너머로 보고 흉내를 내는 정도였답니다.

매주 '검열'이라고 해서 동기들 앞에서 오르간을 치는 테스트가 있었는데, 당시 학교에 오르간은 수십 대 있었지만 연습할 때는 순서와 시간이 정해져 있었어요. 동기들 앞에서 치기 전에 조금이라도 더 연습하고 싶어서 빈 오르간을 찾아다니며 혼자 특훈을 했었지요. 그때는 노력하는 만큼 실력도 눈에 보이게 늘었어요. 그런 변화 하나하나가 자신감이 되었던 것 같아요.

17살로 돌아간다면 다시 한번 정식으로 오르간을 배워보고 싶네요. 그때는 힘들었지만 지금 생각해보면 즐거운 시간이었거든요.

지금 야요이네 집에 와 있는데 여기엔 전자 피아노가 있어서 마음껏 치고 있어요. 악보도 꽤 많지요. 그럼, 오늘은 〈천 개의 바람이 되어 千の風になって〉와 〈위를 보고 걷자 上を向いて歩こう〉를 연주해볼까요?

전자 피아노를 치며 소리 높여 노래하는 할머니

좋아하는 가수가 있으세요?
어떤 장르의 노래를 좋아하시나요?

엔카 가수 쇼지 다로東海林太郎를 좋아해요. 〈아카기의 자장가赤城の子
守唄〉라는 노래를 부른 가수인데, 옛날 가수라 요즘 사람들은 모를 수
도 있겠네요. 가만히 정자세로 서서 노래를 부르는 모습이 어찌 보면
밋밋하게 보일 수도 있지만, 나는 그 진지한 모습이 좋더라고요.

노래하면 동생이 생각난답니다. 어릴 적부터 목소리가 좋다는 말
을 많이 듣던 남동생은 여기저기 음악회에서 가서 독창을 부르는 일
이 많았어요. 나는 어땠냐고요? 나도 노래라면 들판을 무대 삼아 꽤
불렀지요. 학교를 마치고 돌아오면 나보다 7살 어린 여동생을 업고 다
니며 목청을 높이기도 했고, 등하굣길에는 항상 학교에서 배운 노래
를 흥얼거렸고요.

어른이 되어서는 아무래도 옛날처럼 노래를 자주 부르지는 않지
만, 노래는 장르를 가리지 않고 다 좋아해요. 직접 작사작곡한 노래도
있어요. 내가 사는 미노고초 나카노구의 매력을 담은 노래인데, 제목
이 무려 〈나카노 송〉이랍니다. 나카요시 클럽의 회원들과 함께 불렀
지요. 나는 노래가 좋아요. 노래를 부르다 보면 약해졌던 마음도 단단
해지고 한심한 생각들도 날아가버리거든요.

어느 계절을 좋아하세요?

그때그때 어느 계절이든 다 좋아요. 춥든 덥든 계절마다 그 계절만의
매력이 있으니까요. 겨울에서 봄으로 넘어갈 때 이제 좀 따뜻해지려
나 싶으면 갑자기 눈이 내리는 시기가 있지요. 그럴 때면 겨울이 '가고
싶지 않다'고 투정을 부리는 것 같아서 귀엽게 느껴져요. 그렇게 계절
이 돌고 돌아서 봄이 찾아오면 앞으로 몇 번이나 더 이렇게 봄을 맞이
할 수 있을까 하는 생각에 빠지기도 하고요. 이런, 갑자기 시인이라도
된 기분이네요. 재미있지요. 여자의 마음은 갈대라는 말이 있잖아요.
내 마음도 그때그때 변한답니다.

 ## 가보고 싶은 곳은 없으세요?

가끔 모교인 조게 심상고등소학교에 있는 은행나무를 보러 가고 싶어
요. 지금은 조게키타 초등학교가 됐어요. 학교 이름은 바뀌었어도 나
보다 훨씬 나이가 많은 그 은행나무는 여전히 늠름한 모습으로 교문
근처에 서 있지요.

　내가 학교를 다닐 때는 '긴난나무(긴난은 은행 열매를 의미한다—역
주)'라고 불렀는데, 5학년 때 이어달리기 선수로 뽑히고 방과 후에 연
습할 시간만 눈 빠지게 기다리던 때가 있었지요. 수업이 끝나면 은행
나무 아래에 모여서 준비운동을 하거나 나무 그늘 밑에서 선생님의

말씀을 듣기도 했답니다. 그때는 무슨 일만 있으면 무조건 '긴난나무 앞으로 집합'이었어요. 우리 학교를 대표하는 상징이었으니까요. 지금도 그 나무를 보고 있으면 아무 걱정 없이 즐겁기만 했던 어린 시절이 생각나요. 이제는 마을 풍경도, 학교 모습도 달라졌지만 '긴난나무' 만큼은 변함없는 모습으로 그 자리를 지키고 있답니다.

조게키타 초등학교에 있는 은행나무

9살의 할머니

할머니의 하루가 궁금해요.

여섯 시 반쯤에 일어나서 일단 차가운 우물물로 세수부터 합니다. 부처님께 아침 인사를 드리고, 밥공기 한가득 쌀을 퍼서 밥을 짓고 된장국을 끓이고요. 밥은 보통 이틀에 한 번 지어요. 그러니까 하루에 쌀반 공기를 먹는 셈이지요. 그 정도는 거뜬히 먹어 치운답니다.

일곱 시 반쯤 되면 아침을 먹으며 NHK 뉴스와 아침 드라마를 봅니다. 그 자리에서 돋보기를 쓰고 신문까지 꼼꼼히 읽고 난 다음에야 설거지도 하고 빨래도 하면서 집안일을 하지요.

그러다 열 시가 되면 밭으로 '출근'을 하고요.

점심은 정오에 먹는데 별건 없어요. 그냥 계란말이나 조미김, 다시마조림처럼 있는 반찬으로 간단하게 먹지요.

점심을 먹고 나면 오후에는 잠깐 낮잠을 자거나 신문을 다시 읽어요. 그리고 다시 밭에 나가는데, 밭에 가다가 만나는 이웃들이 한 번씩 말을 걸어주면 신이 나지요. 그렇게 수다를 시작했다가 결국 밭에도 못 가고 해가 져버릴 때도 많아요.

저녁 일곱 시쯤이 되면 저녁밥을 먹습니다. 집에 배달해주는 도시락을 먹기도 하고, 조카딸 나오나 이웃들이 가져다준 맛있는 음식을 먹기도 해요. 목욕은 일주일에 두 번 데이케어 센터에서 하니 자기 전에는 발만 씻어요. 발을 씻은 다음엔 일기를 쓰고 불단에 예를 올린 다

음 열 시쯤 잠자리에 들어요. 잠은 잘 자는 편이에요. 한번 잠들면 아침까지 한 번도 깨지 않고 푹 잔답니다.

 할머니의 건강 비결이 궁금해요.

머리도 쓰지 않으면 녹슬어버린답니다. 그래서 나는 늘 곁에 사전을 둬요. 신문이나 책을 읽다가 모르는 단어가 나오면 바로 찾아보려고

요. 모르는 채로 넘어가면 왠지 찝찝하잖아요. 가끔 보면 교사였을 때
보다 지금 더 공부를 열심히 하는 것 같아요. 조카에게 산수 문제집을
사다 달라고 해서 풀 때도 있어요. 아직 웬만하면 100점이에요.

이런 두뇌 훈련도 재미있지 않으면 꾸준히 하기 힘들지요. 요즘은
〈한자로 얼마나 쓸 수 있을까?〉라는 게임에 푹 빠져 있어요. 같은 발
음으로 읽는 한자를 적는 게임인데, 예를 들면 문제가 '가키カキ'라면
'감柿, 굴牡蠣, 하기夏期, 하기下記' 등 일본어에서 '가키'로 발음하는 한
자를 아는 만큼 적는 게임이에요. 몇 개나 적을 수 있는지를 지인들과
겨루는데, 역시 승부를 겨루게 되면 의욕이 샘솟지요. 지고 싶지 않
아요.

 ## 할머니는 화가 나면 어떻게 대처하세요?

감정이 너울을 칠 때는 맞서 받아치지 말아야 해요. 그럴 때 속에 있는
말을 마구 쏟아내면 당장은 속이 시원할지 몰라도 나중에 반드시 후
회하게 되니까요. 우리 어머니는 감정이 격해지면 침을 세 번 삼키라
는 말을 자주 하셨어요. 맞아요, 잠시 시간을 가지라는 뜻이지요. 침
을 삼키는 사이에 마음이 진정되니까요. 감정이 가라앉으면 '나쁜 사
람은 아닐 거야. 이 나이에 싸워서 뭐 한담. 화해하기만 힘들지'라며
이성적으로 상황을 판단하게 된답니다.

인생의 마지막에 먹고 싶은 음식은?

어려운 질문이네요. 뭐든 감사하게 잘 먹지만 굳이 하나를 꼽으라면 '바라즈시(식초에 절인 밥 위에 각종 해산물을 올려 먹는 일본식 회덮밥—역주)'가 아닐까요? 나는 원래 식초를 좋아해요. 아직도 몸이 유연한 이

유가 어쩌면 식초 덕분일지도 모르겠어요. 노란 계란 지단과 잘게 썬 분홍색 생선 살을 고명으로 올린 바라즈시는 색이 화려해서 보기만 해도 기운이 솟아요. 어릴 때 특별한 일이 있는 날이면 어머니가 만들어주셨던 음식이에요. 그래서 그런지 바라즈시를 보면 어릴 때 행복했던 기분이 떠오른답니다.

엔딩 노트에는 무슨 내용을 적으셨어요?

자식이 없다 보니 조카들에게 부담을 주고 싶지 않아서 80살을 넘겼을 때부터 내가 죽은 뒤에 처리해야 할 일을 생각나는 대로 하나씩 적어두고 있어요. 그런데 문득 생각이 나 모아보니 이 노트, 저 노트에 드문드문 적어서 알아보기 힘들 것 같더라고요. 시간을 내서 한번 정리해야겠어요.

아무튼 세세한 사항들을 확실하게 정해두었어요. 장례식은 집에서 해달라, 답례품은 이것으로 했으면 좋겠다, 수의로는 이 옷을 입혀달라 등등. 장례식에서 상주가 읽을 추모사도 생각해뒀지요. 맡은 사람이 고민하거나 곤란하지 않았으면 좋겠어요. 이렇게 적어두면 걱정할 필요가 없다람쥐~. 마음이 한결 가벼워지니까요.

할 수 없게 된 일에 미련을 두고 끙끙대지 말자.
할 수 있는 일을 소중히 여기고 자신을 칭찬해서
아직 더 할 수 있다는 자신감으로 바꾸자.

제3장

102살
고마운 인생

102번째 생일을 맞은 할머니가 가르쳐주는

'멋지게 늙어가는 비법'과

'나답게 살기 위한 다섯 가지 조건'을 들어보자.

2022년 2월
살이 쪄서 입원?

1월에 올해의 포부를 쓰면서 찍은 사진(95페이지)을 보고 살이 좀 붙었다, 얼굴이 부은 게 아니냐며 다들 한마디씩 걱정을 했다. 그렇게 티가날 정도인가 싶어서 나도 다시 사진을 들여다봤다. 사실 얼마 전부터 다리가 좀 붓는 것 같기는 했다.

그래서 마침 정기 검진을 하러 오노미치시 공립 미쓰기 종합병원에 간 김에 진찰을 받았다. 일단 몇 가지 약을 처방받고 당분간 집에서상태를 지켜보기로 했는데, 그러던 사이 집 앞 비탈길을 오를 때 약간숨이 차기 시작했다. 심장에 부담이 돼서 그렇단다. 통원 치료도 쉬운일이 아니라서 결국 입원하기로 했다.

아무래도 늘어난 체중이 원인인 모양이다. 하긴 연말이다, 연초다해서 맛난 음식들이 많다 보니 좀 과식을 하기는 했다.

밥을 먹고도 또 떡을 먹고, 빵도 먹었다. 어찌 된 일인지 식욕만큼

간호사 선생님과 즐거운 대화를 나누는 할머니

은 늙지를 않는다. 그렇게 먹고도 춥다는 핑계로 밭일이나 잡초 뽑기는 게을리했다. 그러다 결국 한 달 새 4킬로그램이나 늘어버렸다.

　입원하면서 일단 간식부터 끊었다. 지금은 다시 원래 체중으로 돌아왔다. 금세 다시 건강해져서 다행이다. 퇴원하면 잠시 야요이네 집에 머물면서 봄이 되기를 기다릴 생각이다.

2022년 3월
다시 이곳에서 천천히 살고 싶다

가만히 있지를 못하는 성격

퇴원하고 한 달 동안 야요이네 집에서 신세를 졌다. 폭신폭신한 이불에서 잠을 자고 맛있는 음식도 잔뜩 대접받았다. 그런데 가만히 있자니 이거 원, 몸이 근질근질해서 참을 수가 없다. 그래서 청소기도 돌리고 저녁 식사 준비도 도왔다. 날씨가 좋은 날에는 텃밭에 난 잡초도 뽑았다.

그리고 매일 두 시간씩 전자 피아노를 쳤다. 혹시 히라하라 아야카平原綾香의 데뷔곡 〈주피터〉라는 노래를 들어본 적이 있으려나? 야요이네 집에 악보가 있기에 쳐봤더니 아주 멋진 곡이었다. 완벽하게 칠 수 있게 꽤 열심히 연습했다. 전쟁으로 힘든 우크라이나 사람들에게도 들려주고 싶은 곡이다. 나도 태평양 전쟁 때 조게초에서 후쿠시마 공습을 직접 목격했다. 그래서인지 텔레비전에서 우크라이나 관련 영상이 나오면 나도 모르게 숨을 죽이고 지켜보게 된다. 요즘 시대에 전쟁이라니 정말 한심한 일이다.

다음 달이면 102살이 된다. 이 나이에 혼자 사는 사람은 어쩌면 나밖에 없을지도 모르겠다. 옆에서 보면 혼자서 대단한 모험이나 도전을 하는 것처럼 보일지도 모르지만, 모두의 도움과 응원이 있었기에 이렇게 마음 편하게 살 수 있다는 것을 잘 안다. 나도 만약 외톨이 신세였다면 한없이 우울한 할머니였을지도 모른다. 다행히도 내곁에는 항상 나를 지켜봐주는 조카딸들이 있다. 든든한 조카딸들이 나를 일으키는 힘이 된다.

**운동 삼아 열심히
청소기를 돌리는 할머니**

어묵탕에 넣을 삶은 달걀을 까는 할머니.
"끈기가 필요한 일은 힘들어"라고 말씀하신다.

다녀왔습니다

야요이네 집에서 다시 우리 집으로 돌아왔다. 집도 밭도 내가 돌아오기만을 기다렸을 거다. 내가 집을 비운 사이에는 가나마루 선생님이 돌봐줬다. 역시 파트너가 있으니 든든하다. 우리 집에 자주 쥐가 출몰하는데, 내가 없는 동안 가나마루 선생님이 쥐덫을 놔서 두 마리나 잡았단다.

그런데 밭에 심은 양파는 원숭이들이 죄다 뽑아놨다며 안타까워했다.

나도 언젠가 집 앞에서 원숭이를 본 적이 있다. 콩대를 옆구리에 끼고 뒤뚱뒤뚱 걸어가고 있었는데, 나를 보고 놀라지도 않더라. 오히려

내가 더 놀라서는 그저 멀뚱히 서서 눈뜨고 콩을 빼앗겼다.

밭에 가보니 실파가 자라 있었다. 봄이 오긴 왔나 보다. 조금 뽑아다가 점심에 된장국에 넣어 먹어야겠다. 3월이 가기 전에 가나마루 선생님과 감자도 심어야 하고, 한동안은 바쁠 것 같다.

장 보러 GO! GO!

냉장고가 텅텅 비어서 야요이랑 근처 슈퍼에 장을 보러 다녀왔다. 매일 끓이는 된장국에 넣을 두부와 유부를 사고, 나머지는 진열대를 보

면서 맛있어 보이는 것을 끌리는 대로 집었다. 오늘은 건어물과 방어회, 소고기, 앙금빵을 사고, 부처님께 공양할 과자도 봄에 어울리는 분홍색으로 샀다. 입원하고 두 달 가까이 집을 떠났다가 무사히 돌아올 수 있었던 것도 다 남편이 지켜준 덕분이라 생각한다. 남편과 조카들, 근처 이웃들의 보살핌을 받으며 다시 이곳에서 내 속도에 맞춰 천천히 살아가볼 생각이다.

추고쿠 방송의 정보 프로그램 〈이마나마!〉에서 취재를 나왔다

내가 텔레비전에 나온다고?

또 놀라운 일이 벌어졌다. 다 늙은 할머니가 사는 모습이 뭐가 궁금하다고 방송에 내보낸단다. 추고쿠 방송국에서 〈이마나마!〉라는 정보 프로그램을 제작하는 야마모토 가즈히로山本和宏 씨가 촬영차 집에 찾아왔다. 평소 모습 그대로 보여주면 된다고는 했지만, 이거 참, 무슨 말을 해야 할지 난감했다. 하지만 젊은 사람들과 만나서 이런저런 이야기를 나눌 기회가 생겼으니 그것만으로도 정말 기쁜 일이다. 이것도 다 101살까지 산 덕분이다. 모두에게 사랑받는 축복받은 인생이었다. 이런! 지금, '이었다'라고 했나? 아니다. 축복받은 인생이다. 내 인생은 여전히 ing이다.

든든한 케어 매니저

항상 신세를 지고 있는 케어 센터의 매니저 야시키 사치요屋敷幸代 씨가 찾아와주었다. 야시키 씨의 말에 따르면 나는 부분적으로 돌봄이 필요한 '요개호要介護 1단계' 상태라고 한다(한국의 요양 등급 제도와 유사한 제도—역주). 야시키 씨가 이런 나도 마음 놓고 혼자 편하게 살 수 있게 지원해주는 다양한 서비스가 있다는 사실을 알려주었다. 근처에 나처럼 돌봄이 필요한 사람들이 자기 집에서 생활할 수 있도록 도와주는 새로운 시설도 곧 생긴단다. 소규모 시설인데 데이케어 서비스

도 있고 방문 서비스는 물론, 필요하면 숙박도 할 수 있다나? 다음에 야시키 씨와 함께 견학을 가보기로 했다. 정말 살기 좋은 세상이 됐다.

케어 매니저 야시키 씨와 함께

2022년 4월
'멋지게 늙어가는' 비법

102살이 됐다

올해도 나카요시 클럽의 친구들과 꽃구경을 다녀올 수 있었다. 처음 나카요시 클럽을 시작했을 때는 나도 50대였다. 나는 여전히 그 시절 그대로인 것 같은데 4월 29일부로 102살이 됐다. 그래도 아직은 되도록 다른 사람에게 기대지 않고 내가 할 수 있는 일은 내 손으로 하면서 살고 싶다.

얼마 전에는 이불 속에 누워서 이렇게 오래 살 수 있어서 참 감사하다고 생각하며 잠이 들었다. 다시 20살로 돌아갈 수 있다고 해도 돌아가고 싶지 않다. 어떤 이는 젊음보다 더 가치 있는 것은 없다고 하지만 나는 지금 내 나이에 맞는 삶을 살아가고 싶다.

매일 이것도 하고, 저것도 하면서 부지런히 움직인다. 해야 할 일을 계속 찾아서 하나하나 해나가며 그 과정에서 나를 격려하기도 하고 내 몸이 아직 버틸 만한지 확인하기도 한다.

변화가 있기는 하다. 겨울 이불을 개서 이불장에 넣는 일이 요즘 힘들어졌다. '이걸 할 수 있을 정도면 아직 괜찮다'라고 생각하며 해온 일인데, 나이가 드니 몸이 자꾸만 휘청거린다. 그래서 이불장 안에 넣는 일은 포기하고 개는 것만 잘 하기로 했다. 이것도 나쁘지 않다. 괜히 무리하다가 다치기라도 하면 더 큰일이다.

그래도 아직 매일 된장국은 끓일 수 있다. 오늘도 아침에 일어나서 된장국을 끓일 수 있어서 행복하다고 생각했다. 내가 직접 끓이면 감동이 더해져서 더 맛있다. 나는 할 수 없게 된 일에 미련을 갖고 끙끙대지 않는다. 대신 할 수 있는 일에 최선을 다하며 나를 칭찬하고, 아직 할 수 있다는 자신감을 채워간다.

80살을 넘겼을 때부터였나? 아무리 고민해도 답이 나오지 않는 일을 그냥 흘려버릴 수 있게 됐다. 한마디로 포기가 빨라졌다. 안 좋은 소리를 들어도 오히려 그 말을 한 사람을 불쌍하게 여길 수 있게 됐고, 자기 자랑만 들어놓는 사람도 너그럽게 바라본다. 부러워서 질투가 나는 마음은 내 안 깊은 곳에 넣어 꼭 닫아놓고 진심으로 그 사람을 칭찬해준다. 남은 남이고, 나는 나다. 다른 것이 당연하다. 언젠가부터 나는 건강하게 사는 것만으로도 훌륭하다고 생각하게 됐다.

있는 척, 잘난 척하지 않고 있는 그대로의 모습을 받아들인다. 나를 과대평가하지 않는다. 번뇌와 시기처럼 마음을 힘들게만 하는 감

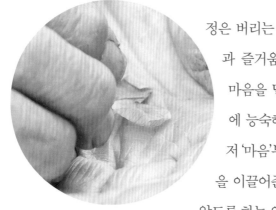

떨어진 벚꽃 잎도 사랑스럽다

정은 버리는 게 상책이다. 그 대신 기쁨과 즐거움을 마음껏 즐긴다. 때로는 마음을 덜어내고, 때로는 더하는 일에 능숙해지자. 건강하게 살려면 먼저 '마음'부터 챙겨야 한다. 마음은 몸을 이끌어준다. 그래서 마음이 힘들지 않도록 하는 일이 무엇보다 중요하다.

살아가는 동안 인생을 즐기지 않으면 무조건 손해다. "아, 배고프다", "아, 정말 맛있다" 나는 일일이 크게 소리 내서 말하며 그 순간을 오롯이 기뻐한다. 그렇게 살다 보면 하루가 눈 깜짝할 사이에 지나가버린다.

2022년 6월
나답게 살기 위한 다섯 가지 비법

이제는 내 기분을 달래는 요령을 잘 알지만 젊은 시절에는 나도 고민이나 갈등이 생기면 어쩔 수 없이 예민해지곤 했다. 하지만 한 해 한 해 인생을 살아가면서 다양한 감정들과 타협하고 모난 부분을 둥글게 다듬어가다 보니 어느새 사람까지 둥글둥글해졌다. 그런 인생을 살아온 내가 나답게 살기 위해 지켜온 조건들이 있다.

데쓰요 할머니의 나답게 살기 위한 다섯 가지 비법!

하나, 나의 모든 면을 좋아한다.

둘, 나만의 속도를 지킨다.

셋, 혼자만의 시간을 갖는다.

넷, 입버릇처럼 나를 칭찬한다.

다섯, 작은 것을 소중히 여긴다.

굵게 자란 감자를 보고 기뻐하는 할머니

늘 헤실헤실 웃고 다니니 걱정거리 따위 하나도 없는 것처럼 보일지도 모르지만, 젊었을 때는 나도 머리를 쥐어뜯을 때가 많았다. 26살에 남편과 결혼해서 이시이 집안의 며느리가 됐지만 대를 잇지 못한 일이 항상 마음을 짓눌렀다. 시아버지는 옛날 무사같이 점잖은 분이셨는데, 미노고초가 지금보다 더 작은 마을이었을 때 이곳의 촌장이셨다. 대대로 이어온 농가의 며느리라면 응당 자식을 많이 낳아야 했던 시대였다. 당시에는 아이를 낳지 못할 거면 이 집에 시집오지 말아야 했다는 생각만 가득했다.

이 말이 딱 들어맞지는 않지만, 집에서 쓸모없는 사람이 되고 싶지

잡초를 보면 그냥 지나치지 못하는 할머니

사실은 부끄러움이 많은 할머니

않았다. 패배자가 되긴 싫었달까. '저 집 며느리는 자식도 못 낳았다'는 말을 듣고 싶지 않아서, 이를 악물고 다른 일들을 열심히 했다. 그래서 학교 일도, 밭일도 최선을 다했다. 학교 수업이 끝나면 쏜살같이 집으로 돌아와서 바로 밭에 나갔다. 고민할 틈을 만들지 않으려고 그날그날 바쁘게 몸을 움직였다.

그래도 교사라는 직업이 있어서 참 다행이었다. 며느리로서만 살았다면 이 집에서 버틸 수 없었을지도 모른다. 학교에 가면 아이들에게 마음껏 애정을 쏟으며 나답게 있을 수 있었다. 학부모들과도 사이가 좋았다. 내가 나답게 살 수 있는 장소가 있었기에 집에서도 힘을 낼 수 있지 않았을까?

남편은 선생님으로서는 정말 성실하고 존경받는 사람이었지만, 한편으로는 호탕한 남자였다. 매일 사람들을 데려와 술판을 벌이고, 자기가 버는 월급은 사교비와 술값으로 다 탕진해버리기도 했다. 그래서 내가 벌 수밖에 없었나? 호호호.

직업은 그런 의미에서도 내 존재 가치를 알려주고 마음이 무너지지 않게 지켜주었다.

지금 생각하면 나도 참 딱하다. 편찮으신 시부모님을 돌보느라 교사 일을 그만두고 나서야 겨우 어깨를 짓눌렀던 짐을 내려놓을 수 있었다. 그때까지는 조금이라도 틈을 보이지 않으려고 단단한 갑옷으로 몸을 꽁꽁 감싸고 있었다.

우리 집이 최고!

그래도 그 세월이 아무 의미 없는 시간은 아니었다. 지금까지 겪어온 괴로웠던 일, 가슴 아팠던 일들이 지금의 나를 만들었다고 생각한다. 예민했던 과거의 나도 밉지 않다. 그 또한 부정할 수 없는 내 모습이다. 어떤 모습이든 있는 그대로 받아들이고 좋아할 것이다.

그러고 보니 남편이 죽기 전에 이런 말을 한 적이 있다. "자식 일은 너무 마음에 두지 마시게." 며느리인 나 혼자만 무거운 짐을 짊어졌다고 생각했는데 그 사람도 함께 지고 있었던 건지 모르겠다. 남편의 마지막 말 덕분에 마음을 고쳐먹을 수 있었다. 힘들고 괴로운 시기가 있었기에 어깨가 가벼워진 지금의 인생이 더 즐거운지도 모른다. 내가 나를 보듬고 아껴주지 않으면 누가 나를 아껴줄까.

이제 젊은 시절처럼 빠릿빠릿하게 움직이지는 못한다. 밭에 나가서도, 밥을 짓다가도, 쉬어가면서 조금씩 엔진을 돌린다. 오늘도 점심을 먹고 슬슬 밭에 나가볼까 생각했는데, 겨우 엉덩이를 떼고 일어섰을 때는 이미 해가 기울기 시작하고 있었다. 부엌 의자에 앉아서 딱히 뭔가를 한 것도 아닌데 말이다. 어쩔 수 없다. 내게도 나만의 '속도'라는 것이 있어서 마음이 동해야 움직인다.

이웃들과 담소를 나누거나 나카요시 클럽에서 왁자지껄하게 수다를 떠는 일도 참 좋지만 가끔은 혼자 있는 시간도 필요하다. 혼자 있는 시간에는 책을 읽거나 신문을 본다. 그리고 그저 멍하니 생각에 잠기기도 한다. 엔진에 시동을 걸기 위해 충전하는 시간이랄까? 내게는 없어서는 안 될 중요한 시간이다. 그 시간을 통해 나만의 속도에 맞춰 움직일 힘을 얻는다.

무엇이든 좋은 방향으로 받아들이면 기분이 절로 좋아진다. 102살이 되니 지금까지 하던 방식으로는 할 수 없는 일이 늘었다. 그래도 여전히 할 수 있는 일이 있다는 사실이 기쁘다. 결과는 어설플 때가 많지만 "이걸로 됐어. 대단해!"라며 나를 칭찬한다.

이웃들이 얼굴을 보러 찾아오면 건강한 모습으로 웃고 떠들고, 밭에도 간다. 특별할 것 하나 없는 일상이지만 평범하게 보내는 이런 하루하루가 나에게는 대단한 일이다.

　　동네 아이들이 학교에서 돌아오는 모습을 보면 꼭 "잘 다녀왔니?" 하고 인사를 건넨다. 오늘도 학교에 가서 종일 열심히 공부했을 아이들의 모습을 생각하면 그렇게 사랑스러울 수가 없다. 늘 보는 풍경인데도 이상하게 눈을 뗄 수가 없다.

　　이만큼 나이를 먹으니 앞으로 남은 날이 얼마나 될지 막연하게 생각하게 된다. 영원히 살 수는 없지 않은가. 그래서일까? 매 순간이 만족스럽고, 또 사랑스럽다.

맛도 좋고 건강에도 좋은
데쓰요 할머니의 장수 레시피

할머니께서 자주 만들어 드시는 요리를 가르쳐주셨다. 하나같이 맛도 좋아서 이렇게만 먹으면 정말 건강하게 오래 살 수 있을 것 같다. 오늘 저녁 메뉴는 할머니의 레시피로 만들어보면 어떨까?

멸치 감자볶음

우선 멸치는 머리를 떼서 먹기 좋은 크기로 찢어놓고, 감자와 당근은 채를 썰어 둔다. 팬에 참기름 한 큰술을 두르고 소금을 조금 넣은 다음 잠시 예열한다. 잠시 후 멸치와 감자를 넣어 중불로 볶는다. 감자가 살짝 투명해지면 당근

을 넣고, 다 볶아지면 설탕과 간장으로 간을
맞춘다. 우리 집에는 세토우치산 굵은 멸
치가 떨어지는 날이 없다.

배추와 멸치를 함께 볶다가 배추가 야
들야들해지면 간장으로 간을 하고, 먹을
때 식초를 살짝 뿌려 먹어도 맛있다. 멸치
도 식초도 몸에 좋은 식재료고, 팔보채 맛이 나
서 계속 손이 간다.

바라즈시

쌀은 한 공기 가득 담아 짓고, 밥에 섞을 재료로 연근, 당근, 표고버섯
을 잘게 썰어서 냄비에 넣고 간장, 청주, 맛술을 넣어 조린다.

소스는 식초 80cc에 설탕 두 큰술, 소금 한 작은술을
넣어 끓인다. 설탕과 소금이 녹으면 갓 지
은 밥에 조려놓은 재료와 소스를 넣
고 잘 섞어준다. 그 위에 가늘게 썬
달걀 지단과 사쿠라덴부(생선 살을
잘게 다져 양념해 고명 등으로 쓰는 일
본 식재료—역주), 가늘게 썬 차조기

잎을 올리면 완성이다. 아, 달걀 지단은 설탕을 넣어 약간 달게 만든다. 식초량이 조금 많다고 생각할 수도 있지만, 초밥이 부드러워져서 내 입에는 이 정도가 딱 좋다.

가자미조림

청주, 간장, 맛술을 냄비에 한 바퀴씩 돌려 같은 양을 넣는다. 물을 약간 넣고, 손질해둔 가자미 조각을 넣은 다음 중불에서 조린다. 다 조려지면 약간 굵게 채 썬 생강을 넣는다.

전에는 옆 동네에서 생선 장수가 우리 동네까지 생선을 팔러와서 생선 요리를 자주 해 먹었다.

가자미 대신 볼락으로 해도 맛있다.

기본 된장국

600cc 정도의 물에 멸치 여섯 마리를 잘게 찢어서 넣고 중불로 끓인다. 물이 끓기 시작하면 당근과 배추를 넣고, 채소의 숨이 죽으면 된장을 잘 풀어 넣는다. 멸치

는 육수를 낼 때만 쓰지 않고 국과 같이 먹는다. 칼슘이 듬뿍 들어 있는 귀한 식재료다. 마지막으로 잘게 썬 파를 곁들이면 완성이다. 된장국에 넣는 채소는 그때그때 밭에서 나는 제철 채소를 활용한다.

나는 여기에 달걀을 톡 떨어뜨려서 반숙으로 먹는 것도 좋아한다.

소고기조림

얇게 저민 소고기에 참기름을 넣고 중불로 볶다가 설탕과 간장, 맛술, 청주로 간을 한다. 여기에 비스듬히 얇게 썬 우엉과 한입 크기로 썬 배추를 순서대로 넣고 살짝 조린다. 배추의 아삭한 식감이 사라지지 않을 정도로만 조려야 맛있다. 여기에 채 썬 생강을 곁들여서 먹으면 고기의 느끼함까지 잡아줘서 몇 그릇이고 먹을 수 있다.

오이 초무침

우선 오이를 얇게 썬 다음 소금을 뿌려서 5분 정도 놔둔다. 물이 생기면 조물조물 주무르다가 마지막으로 힘껏 꾹 눌러서 물을 짜준다. 여기에 설탕과 식초를 넣고 무치면 완성이다. 설탕은 약간 많다 싶을 만큼 넣는다. 그리고 나는 식초를 정말 좋아한다. 식탁에 항상 두고는 채소볶음이든, 생선구이든 먹다가 반 정도 남으면 식초를 뿌린다. 그러면 새로운 요리가 된다. 아, 차조기 잎과 참깨는 취향대로 넣으면 된다.

할머니가 레시피를 적어둔 요리 노트.
신문에 실린 레시피도 오려서 노트에 끼워두었다.

마치며

추고쿠 신문사 편집부
기노모토 요코, 스즈나카 나오미

100세 시대를 대표하는 모델을 만났다

이 책은 이시이 데쓰요 할머니의 생활을 취재해 소개한 「추고쿠 신문」의 연재 기사를 일부 수정하고 추가해서 완성했다. 100살의 나이로 혼자 생활하는 한 여성의 일상을 있는 그대로 묘사하며, 그 과정에서 자연스럽게 흘러나온 할머니의 주옥같은 말들을 모아 책으로 엮었다. 곧 50대에 접어들 우리는 취재를 위해 할머니 댁을 드나들며 많은 이야기를 들었다. 취재할 때마다 할머니가 주신 교훈을 조금이라도 빨리 독자들에게 전하고 싶어서 마음이 급했는데, 생각해보면 결국 가장 많은 격려와 위로를 받은 사람은 우리 두 사람이 아니었나 싶다.

할머니는 무슨 일이든 최선을 다하는 분이다. 작은 몸에서 끌어낼 수 있는 최대한의 힘을 보여주신다. 이를 악물고 무릎 뽑고, 사뭇 진지

한 표정으로 오르간을 친다. 누구의 이야기든 바짝 다가앉아 귀를 기울여주고, 이웃이 음식을 들고 오면 군침을 닦는 척하며 기쁜 마음을 드러낸다.

취재에도 늘 적극적으로 임해주셨다. 카메라를 들이밀며 "웃어주세요" 하고 말하면 특별히 부탁드리지도 않았는데 장난이라도 치듯 재밌는 포즈까지 취해주시고, 인터뷰를 녹음하겠다고 말하면 갑자기 목소리를 곱게 가다듬으신다. 언제나 우리의 움직임을 유심히 지켜보시다가 최선을 다해 도와주려고 하셨다. 곁에 있는 사람을 소중히 여기는 할머니의 마음이 느껴져 매번 감동했다.

취재가 3년째에 접어들면서 조금씩 깨닫게 됐다. 할머니가 왜 무슨 일이든 최선을 다해 노력하시는지. 아마도 할머니는 무의식중에 하는 행동이겠지만 우리는 여기에 세 가지 중요한 의미가 있다고 생각한다.

첫째, 할머니는 평소 행동을 통해 본인의 체력과 기력을 파악하고 계셨다. 하루라도 더 이 집에서 살고 싶지만 아무래도 100살을 넘기자 요양 시설에 들어가야 한다는 생각을 쉽사리 떨치지 못하셨다. 그래도 자신이 이 집의 가장이라며 다시 불끈 주먹을 쥔다. 뒤를 이을 후손이 없는 이 집을 되도록 오래, 애정을 가지고 지켜야 한다. 할머니는 그것이 남은 자의 사명이라고 생각하신다.

'몸을 움직이니 제대로 허기도 느껴지고, 잠도 푹 잘 수 있었다. 좋

다, 지금 이대로만 가자!'

할머니는 몸과 마음의 상태를 확인해가며 하루하루를 소중히 보낸다. 한가하게 있을 틈이 없다. 매 순간 진지하게 삶과 경쟁한다. "언젠가 결국 쓰러지는 날이 오겠지만 그건 그때 가서 생각하면 되고, 그때까지는 열심히 최선을 다해 살아보려고." 별일 아니라는 듯 태연하게 웃으시며 굳은 각오도 다진다.

둘째, 할머니는 삶의 주체가 되어 자유롭게 살면서 기쁨을 만끽하고 싶어 하신다. "늙으면 수동적으로 살게 돼. 뭐든 누군가 마련해주고, 준비해주는 게 당연하다고 생각해버린다니까. 그런 사람을 보면 대체 왜 사냐고 묻고 싶어." 어르신들에게 따끔한 소리도 하신다.

할머니는 오늘은 뭘 할지, 뭘 먹을지, 스스로 생각하고 정해서 행동한다. 스스로 할 수 없는 일은 다른 이의 도움을 감사히 받고, 고령자를 위한 복지 서비스도 활용한다. 할머니가 추구하는 인생은 '자립'적인 삶이 아니라 '자율'적인 삶이다. 할머니는 늘 입버릇처럼 말씀하신다. "어차피 한 번 사는 인생, 즐기지 않으면 손해야."

그리고 할머니가 최선을 다해 사는 세 번째 이유는 스스로를 격려하기 위해서다. 평소에는 개구쟁이 어린아이처럼 귀엽고 생기 넘치는 모습을 보여주지만 불쑥불쑥 안쓰러운 모습이 보일 때도 있다. 자식이 없어서 불안해할 때도 있고 혼자 먹는 저녁이 쓸쓸할 때도 있다. 비 오는 날에는 울적한 마음에 눈물이 맺히기도 한다. 할머니는 그런 감정들을 '마음을 좀먹는 벌레'라고 부른다. "혼자 가만히 앉아 있으면 괜히 나쁜 생각만 들어." 그래서 할머니는 쉬지 않고 움직인다. 몸도, 그리고 마음도. 소소한 일에 크게 기뻐하고 호탕하게 웃으며 자기 자신을 토닥인다. 마음을 좀먹는 벌레가 날뛰지 못하도록 스스로 어르고 달랜다.

신문 연재 첫 회는 '100세 시대를 대표하는 모델을 만났다'라는 문장으로 시작했다. 우리는 지금 장수를 '문제'로 보는 사회를 살고 있다. 나 역시 이런 사회에서 살면서 50대를 맞이하니 두렵기도 했다. 하지만 할머니를 만나고 나서 생각이 달라졌다. 반환점을 통과해 돌아가는 남은 길은 마음껏 즐겨보고 싶어졌다.

취재를 마치고 할머니네 집 앞 비탈길을 내려와서 돌아보니 할머니가 아직도 손을 흔들며 우리를 지켜보고 계셨다. 차를 돌려 다시 한 번 집 앞을 지나가는 동안에도 여전히 손을 흔들고 계신다. "조심해서 가"라고 외친다. 기운찬 목소리에 마음이 놓여 언제까지나 건강하시길 조용히 빌어보다가 주책없이 눈물이 날 뻔했다. 그래서 나도 지지 않겠다는 의지를 담아 목소리를 높였다.

"또 올게요. 할머니!"

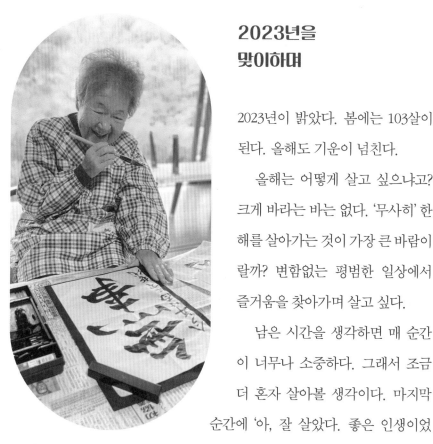

2023년을 맞이하며

2023년이 밝았다. 봄에는 103살이 된다. 올해도 기운이 넘친다.

올해는 어떻게 살고 싶으냐고? 크게 바라는 바는 없다. '무사히' 한 해를 살아가는 것이 가장 큰 바람이랄까? 변함없는 평범한 일상에서 즐거움을 찾아가며 살고 싶다.

남은 시간을 생각하면 매 순간이 너무나 소중하다. 그래서 조금 더 혼자 살아볼 생각이다. 마지막 순간에 '아, 잘 살았다. 좋은 인생이었어!'라고 생각할 수 있도록 힘을 내야겠다.

올해는 모두가 큰 탈 없이 지냈으면 좋겠다. 전쟁 따위 없는 평화로운 세상이 되기를 바란다. 또 전 세계 모든 어린이가 안심하고 살 수 있기를, 이 할머니가 진심으로 기원한다.

왼쪽부터 스즈나카 씨, 기노모코 씨, 데쓰요 할머니

102세 할머니, 나 혼자 산다
데쓰요 할머니는 오늘도 맑음

초판 인쇄 2023년 12월 10일
초판 발행 2023년 12월 15일

지은이 이시이 데쓰요
옮긴이 이은혜
펴낸이 조승식
펴낸곳 도서출판 북스힐
등록 1998년 7월 28일 제22-457호
주소 서울시 강북구 한천로 153길 17
전화 02-994-0071
팩스 02-994-0073
인스타그램 @bookshill_official
블로그 blog.naver.com/booksgogo
이메일 bookshill@bookshill.com

값 15,000원
ISBN 979-11-5971-547-1